NOTE IN MARGINE

GIOVANNI ROSADI

© 2023 Culturea Editions

Texte et illustration de couverture : © domaine public
Edition : Culturea (Hérault, 34)
Contact : infos@culturea.fr
Retrouvez notre catalogue sur http://culturea.fr
Imprimé en Allemagne par Books on Demand
Design typographique : Derek Murphy
Layout : Reedsy (https://reedsy.com/)

Dépôt légal : janvier 2023
Tous droits réservés pour tous pays

ISBN : 9791041842483

Nei bassorilievi del sepolcro di Cino, che è nella cattedrale di Pistola, una figura di donna sporge mezza la sua persona da una porta dell'aula dove il maestro siede in cattedra tra gli scolari attenti alla sua voce. La tradizione vuol riconoscere in quella figura Selvaggia Vergiolesi; ma è più probabile rappresenti, come parve a un veggente, la buona e spontanea Arte del medio evo, che modesta e di scorcio viene a salutare fra le gravi fatiche della glossa l'amico di Dante e il maestro di Bartolo, un degno uomo del trecento, che professa ugualmente la legge e la poesia, che è al tempo stesso maestro di vita e poeta.

Gli uomini di legge del trecento non eran così gravi e unti come quelli dell'ottocento, nè tanto magheri e asciutti quanto quelli del novecento. Gli stessi notai solevano alleviare le noie del tabellionato scrivendo in margine ai loro atti (ai lor vivagni, disse Dante) una servente o un sonetto o una canzone. Per questo costume il notaio Brunetto Latini potè essere "cominciatore et maestro in disgrossare i fiorentini e farli scorti in bene parlare". E non altrimenti che come notaio digrossò la prosa ufficiale del Comune di Firenze: compito che non voglio dire sia necessario o utile tuttavia. Lo stesso padre di Dante fu notaio, Pietro suo figliolo e commentatore fu giudice a Verona, l'intimo amico Lapo Gianni fu notaio e poeta; Cino, il dolcissimo Cino, fu sapiente legista e squisito rimatore.

Oggi i tempi sono profondamente mutati; il lavoro si è specializzato. Il muratore che sotto i colpi del mazzolo sente una grossa pietra si arresta e dice: qui ci vuole lo scarpellino; questi, se ha da mettere una pietra al posto, non vuole imbrattarsi con la calce, incrocia le braccia e dice: bisogna chiamare il muratore. L'antica bottega, fucina d'arte unica e onnipotente in ripianare tavole e coprirle di immagini divine, in sbozzare marmi e atteggiarli a miracoli di vita, in pestare colori e trarne lo sforzo della materia a trasfondersi in luce, si è sbandata in mille e mille macchine a voce umana, intenta ciascuna a un particolare lavoro. Nessuna maraviglia se anche l'uomo di legge si sia ridotto a un sottosquadro della propria figura tradizionale e non cerchi divagazioni poetiche o appena appena letterarie.

Queste pagine non sono se non tenui prose e di scorcio; ma sono state scritte in margine a documenti di vita, sui vivagni di carte che ormai son paglia ma un giorno eran grano, quando il Destino mieteva e batteva la spiga umana, irrigata di lacrime, e di sangue, prima di ridurla arido stelo. Non è degna di nota questa triste operazione del Destino? Non val la pena che sia raccolto quel che cade di mano a chi lavora nel campo dell'umanità in perversa ma naturale germinazione? L'indipendenza del cuore dinanzi ai casi altrui, o tristi o cimentosi, quali son tutti quelli che si contaminano nei contatti con la giustizia, è veramente segno di coscienza sicura; ma il conoscerli, senza punto commoversi, può valere a conservare le fortunate distanze.

Non altro valore han queste note, se non di tale conoscenza, e ne sono o semplici chiose o epiloghi più diffusi, ma non meno discreti. Il mondo non solo si specializza, come abbiamo detto, ma anche si velocizza, come dicono i futuristi; dunque non tratteniamolo a lungo nella sua fretta gioconda per raccontargli tutto quello che intimamente abbiamo visto e meditato e sofferto lavorando intorno al vero. Altri gli offriranno qualche favola assurda o qualche lascivia maliziosa; e l'una o l'altra gli parrà più meritevole di indugio, più degna di un libro.

G. R.

CAINA.

I.

Sono stata dieci anni in prigione. Ma non descriverò un'ora sola delle tante mai che ho contate di giorno e di notte, in silenzio e all'ingrato lavoro, quando il mio cuore era diventato un orologio spaventoso, come quello di un castello incantato.

Il mondo, quantunque sospiri e dica che la vita è breve, non sa che orribile pena sia contare il tempo che gira in sè stesso e vedere struggersi la vita fuori di ogni calore umano, come una luce lasciata accesa in una stanza vuota. Chi si accosta a un camposanto è toccato almeno da un sentimento, che è la pietà di sè stesso al pensiero che un giorno andrà a dormire sotto l'erba alta, bagnata dalla pioggia più che dal pianto; ma chi passa davanti al massiccio cancello di una prigione non è mosso da alcuna pietà, perchè si stima sicuro di non esservi mai rinchiuso.

Non dirò come vi fui rinchiusa io. So che alle vicende di un giudizio che decide di un'esistenza non si annette curiosità maggiore di quella che accompagna una lotta feroce o un caso capriccioso di fortuna. D'altronde un giudizio non è se non la lotta della sventura con tutti i capricci del caso. Ma voglio gridare che non ho portato per dieci anni il ruvido saio a liste gialle e il numero 113 sul petto perchè meritassi il tristo nome di Caina, che mi dettero a undici anni. Non ho versato una goccia di sangue, io; non una lacrima ho fatto sgorgare. Io, sì, mi sono aperte le vene, e me le hanno a mio dispetto richiuse; io ho rotto tante volte in pianto, e mi hanno ricacciato i singhiozzi nella gola gonfia per impormi silenzio; ho cercato per tutte le vie la morte, e me l'hanno sempre allontanata.

Anche quando avevo undici anni rispettavo i miei simili. Ma le mie amabili compagne vollero slargare la cerchia de' miei simili, quando per un errore scusabile di mira del mio fucile mi accadde di ammazzare un ciuco. Allora mi misero nome Caina. Se per lo stesso errore avessi ucciso un uomo, no, non mi avrebbero ribattezzata così. Poi, nel soffiare dentro una canna carica di polvere, quando era accesa, mi feci nell'angolo della bocca un leggero sfregio, che mi dette un'espressione strana, come di ghigno beffardo. Allora le mie amabili compagne, che fino a quel giorno avevano spregiato per invidia le mie labbra tumide e increspate come foglie di rosa, incominciarono a dire che ridevo perversamente.

Io perversa? Caina io? Innocente fu la storia della canna, che era passata di bocca in bocca, prima di schiantare nella mia. Direte che non avrei dovuto maneggiare il fucile; è vero, ma anche le mie compagne lo imbracciavano e tiravano fin'anche sui pulcini. Io no, tiravo alle mosche, a volo. E anche quella volta ne avevo preso di mira uno sciame che mulinava intorno a un rovo in frutto. E poi la mia vittima, che si era spostata d'un salto mentre tiravo, non era Abele. Bensì io amavo quel giovane e bigio somaro, che con i suoi ragli spasimanti e le sue voglie pazienti ci rivelò i primi dubbii d'amore. L'amavo davvero come fratello. Perchè era ghiotto del fieno e non gli toccava che paglia, costrussi col vetro di una bottiglia un gran paio di occhiali verdi e glieli applicai allo scopo di fargli provare l'illusione del fieno. L'illusione ha anche un sapore, diceva una mia compagna di pena, che si cavava sangue e ne condiva l'insipida zuppa del carcere per darle colore.

Il soprannome fratricida e quella smorfia di non so quale acrità formarono il mio destino, fondarono la mia vita. Vi dico che a questo modo e non per molto di più si può finire in prigione.

Quelle due note innocenti mi fecero odiare e desiderare ad un tempo. Ora erano una grazia e un'attraenza, ora una ragione di sospetto e una condanna. - Mordimi, Caina - mi diceva il mio amante - mordimi a sangue, Caina! - Ma ho detto che non ho mai desiderato il sangue, io, e che non ne ho mai versato; e proprio per questo il mio primo amore doveva finire in una irreparabile delusione di me. Perchè i miei denti miti, che preferivano il dolce fico e il tenero pisello alla dura nocciola e al sedano tenace, non mordevano la carne, Lorenzo diceva che avevo natura insensibile come Caino e non sapevo amare. Eppure costui ebbe da me la condiscendenza fino al delitto: altrimenti non sarebbe stata amore. Odiava il rivale quanto diceva di amare me e volle che incendiassi la casa dell'uomo odiato. Io mi accertai bene che non ci fosse nessuno, prima di appiccare il fuoco; ma i miei giudici dissero che una casa destinata all'abitazione val quanto quella realmente abitata, nella misura del delitto. E fui condannata alla lunga pena.

Null'altro dirò della mia sorte, nulla di quella del mio istigatore. Perchè dovrei riaprire la larga piaga fatta cicatrice bianchissima nella lunga inerzia? Nessuno mi renderà mai, neppure con una considerazione di pietà, i dieci anni che non ho vissuti. Ne avevo ventuno quando fui chiusa; mi se ne doveva dare ventuno quando uscii. Ma non fu così. - Quella donna! - mi disse il primo uomo col quale mi occorse di trattare poco lontano dal carcere. - Quella donna!... Ma io c'ero entrata giovanetta e non poteva un periodo trascorso nell'aria persa e senza vita avermi trasformata. Che aveva fatto la giustizia per maturarmi dentro quel serbatoio refrattario a ogni vitalità? Non un esercizio di rinnovamento, non un tramite di redenzione e di speranza mi aveva offerto. La disciplina del carcere è un espediente amministrativo; il lavoro monotono e rude non educa neppure la mano; la parola del cappellano, l'unica voce che si rivolge alle anime in comune, è una sola cura per cento e cento differenti malati; la sua confessione è una rassegna breve e segreta. D'altronde qualunque parola, non incarnata nell'umanità delle relazioni e nel cimento delle prove, non può segnare un solco di virtù attiva e di vita nuova. Quell'opera di misericordia, che si insegna come una pratica corrente, di visitare i carcerati, io non l'ho mai conosciuta. Solo una certa combriccola ufficiale veniva una volta all'anno per domandarci, sotto le orecchie del direttore, se ci piaceva molto quella brodaglia scellerata che ci era ammannita per unico cibo. Ma perchè si punisce così? Perchè si tengono in serbo e non si spezzano e si rifanno gli istinti deformi? Per restituirli alla libertà riposati e pronti a compensarsi dell'inerzia sofferta? Lasciatelo dire a me: è vendetta, quella che si fa della colpa, vendetta di guerra con le sue prede, i suoi ostaggi, i suoi prigionieri; non pacificazione di vinti, non riabilitazione di reprobi.

Io dico ancora che sono uscita dalla prigione avendo ventun anno, già che dieci non li avevo vissuti. Non era questa un'idea fissa, ma una semplicissima verità. È un credito aperto nella vita verso il destino, che ci costringe a spendere tutte le forze, a consumarci nell'attrito di ogni attività; è un credito con la natura, per cui ogni vicenda che non cada a suo tempo è fatalmente riserbata a immancabile compenso. E però vedete zittelle e vecchi scapoli risolversi con tardo rimpianto a licenze oppure ad assetti che avevano pensato di sfuggire fino alla morte. Per questa ragione io sentivo il diritto e il bisogno di vivere dieci anni. Doveva accadere che quelli venienti si sovrapponessero a quelli irrevocabilmente passati e che un certo disordine dovesse balzare da un tale contrasto, ma il diritto e il bisogno erano inarrendevoli.

Non mi ero mai specchiata nel carcere. Non mi sarebbe stato impossibile trovarne la maniera, ma di proposito la evitai. Quando fui libera e potei osservarmi lungamente, mi parve che la mia persona si sdoppiasse in due, l'una profondamente diversa dall'altra, quella del delitto incosciente e quella della coscienza del nuovo stato. E tutt'e due si meravigliavano di loro a vicenda e si guardavano in aria di reciproco rinfaccio; e io mi sentivo come una terza persona sopravvenuta alle due, e parteggiavo per l'antica, che nella sua giovinezza e nella stessa origine della sua colpa mi appariva immensamente più cara, e la difendevo dalla nuova che pareva volesse sopraffarla e togliermela finanche alla vista. È vero che a questa dovevo tutta l'attuale ebbrezza verso l'avvenire, ma in fondo sentivo che ogni mio piacere e ogni desiderio era conseguenza di quella.

La smorfia della mia bocca non ghignava più: credete che la osservai bene. Aveva assunto tutt'altro aspetto. Appianandosi nei nuovi sostrati della carne più matura aveva preso l'espressione di un dolore stanco e di una grande ragione di pietà. Allora mi persuasi che nessuno più avrebbe abusato di me, che nessuno mi avrebbe trascinata un'altra volta a un sacrifizio codardo. Oltre tutto ero bellissima. No, non pensate che mi lusingasse lo specchio; ero veramente bella al confronto di quante incontravo alla luce del giorno. E già, nel mio breve transito nel mondo, più di una voce aveva sospirato al mio orecchio: - che bellezza nuova! di dove è uscita? - Certamente dovevo parere una creatura o una cosa straordinaria, venuta di lontano, da un luogo di sogni e di delizie, forse dalla scuola delle grazie, e non dell'ignominia. Ero pallida come di color d'avorio; ma le mie forme avevano un'esuberanza spontanea, nativa, come non avessero mai patito prigionia di cilizii, usi in libertà. I miei capelli erano prolissi e ribelli, come non avessero mai obbedito a disciplina, e io mi affaticavo a cercarne un assetto grazioso ma tale che non si scostasse troppo dalla prodiga naturalezza; e quando, nuda davanti alla spera compiacente, avevo finito quest'unica cura d'arte intorno alla mia bellezza, una voce mi diceva di dentro: chi scioglierà questi capelli?

Le lodi si moltiplicavano su' miei passi e negli incontri necessari. Alcuni laudatori che poterono avvicinarmi erano veramente cortesi e promettenti, ma erano uomini maturi, e non mi fu difficile lasciar cadere quelle lusinghiere dimostrazioni. Io facevo conto di avere ventun anno, ricordatelo, e non avrei mai ascoltato se non un uomo di questa età, per non deludere la mia ostinata persuasione. Negli audaci colloqui del carcere, in quella fetta di terra e di cielo che si dice destinata all'aria avevo sentito far l'elogio dell'uomo maturo, come più sapiente in amore e più tenace nelle sue imprese, e preferire le cicatrici avventurose alla ingenuità fanciullona e impacciata; ma io non avrei mai ceduto a nessuna esperienza l'intimità della mia inclinazione.

Fui sul punto di diventare ricca in un tratto e salva da ogni pericolo. Fu per l'offerta di sposarmi, che mi venne da un invidiato mercante che aveva case in città e in campagna, che era buono e innamorato, ma aveva quarant'anni. - Giusto l'età che si confaceva alla tua - direte voi. - E direte bene; ma io non dissi così. E quando, colmo di baldanza e di fede il petto, tornavo a riannodare la mia chioma ribelle, una voce mi ripeteva di dentro: - chi scioglierà questi capelli?

II.

Volli rivedere il mio paese.

Mi spingeva il desiderio di riaffermare la mia esistenza nel luogo dove l'avevo sortita e in faccia a gente che mi aveva interamente dimenticata. Mia madre era morta prima degli incidenti dell'asino e della canna; mio padre si era riammogliato poco avanti il delitto, colla vedova del maresciallo dei carabinieri, attempata più di lui e madre di sei figlioli. Ho poi saputo che quel cicciuto mascherone, che aveva della vivandiera e della donna-torpedine, che portava un gran cappello di paglia schiacciato a lucerna per ricordare il suo primo stato, aveva convinto mio padre a vergognarsi di me e non curarsene per nulla, sì prima che dopo la condanna. Lei, a suo dire, aveva sempre difeso la legge a spada tratta e non si doveva offenderla, con lei in casa, aiutando un'incendiaria; qualunque ingerenza di difesa o di sola pietà sarebbe stato uno scandalo nel paese; al contrario, con l'astensione rigorosa, si avrebbe fatto una bella figura.

Dimenticavo di confidarvi che mio padre era un imbecille. Quanto la mia mamma era desta, operosa, gagliarda, altrettanto il marito, che le dettero in fretta quando rimase orfana, era scarso d'intelligenza e di carattere, inetto a qualunque cura, tranne quella manuale del boscaiolo. Da questi termini estremi di connubio, dicevano le mie compagne di pena nel discorrere della propria origine sfortunata, si nasce con una forte e pronta disposizione così al bene che al male. Da un gioco simile dovevo nascere anch'io. Mettetemi nome Caina, fatemi in viso uno sfregio che paia sogghigno, e poi, con il babbo nel bosco e la mamma al camposanto, affidatemi alla forte e pronta disposizione al bene o al male!

Feci in maniera di avvicinarmi al paese avanti giorno. Andavo a piedi e sola, scorgendo a distanza le case con l'emozione di una scoperta di luoghi imparati nelle storie. Tutto mi pareva più piccolo e inferiore per ogni aspetto alla memoria. Quel primo albeggiare di autunno non aveva nulla di straordinario; eppure il tardo dilatarsi dell'oscurità appariva a' miei occhi commossi come un apparato meraviglioso, fatto apposta per avvolgere lo spettacolo nel mistero. Non una voce, non un rumore.

Entrai trepidando e riconobbi dopo le prime case quella dell'amante. Era là dentro, lui? E di che sonno dormiva? Sostai spiando inutilmente; poi ripresi il cammino verso la mia casa. Nulla era mutato. Lo stesso mandorlo davanti alla porta, la stessa siepe presso la mia finestra; il carro, il tinello, l'aratro stesso sotto la tettoia. Guardavo estatica in tutte le faccie, in tutti gli angoli, quella povera stamberga, parlante e grande al mio cuore come un monumento. Ma nulla mi diceva di dentro. Se fosse stata vuota, avrei desiderato di entrarvi per rivedere tutto, tutto ripensare; ma l'ingombro della marescialla e della sua prole mi pareva una profanazione. Mio padre forse.... Questo pensiero mi balzò alla mente come una rivelazione che suscitasse un'immagine nuova e non familiare. Volevo dire: forse mio padre, alla mia vista, riuscirebbe a emanciparsi dalle scorie della sua infelice natura e dall'incubo della sua malvagia dominatrice e mi accoglierebbe per la sua unica figliola. Intanto qualche porta si apriva a distanza e cominciavano lenti segni di vita.

Con uno sforzo di risoluzione ripiegai verso la piazza del paese e mi sedetti sugli scalini della chiesa, già asilo delle mie contumacie, rifugio delle prime peripezie e speranze tradite. Di lì a poco il mio capo piegava sotto il peso delle memorie e le secondava con cenno lento, enumerandole ad una ad una. Lunga e angosciosa rassegna, che costringeva tutto il passato in un'ora e mi affaticava a riviverlo con trapassi violenti e in epiloghi vertiginosi, quando ecco il candido prete, che avevo lasciato bigio, soccorrere alla mia pena e versarmi sul capo l'acqua lustrale e ribattezzarmi come nascessi a nuova vita. Un refrigerio corse per tutte le mie vene; poi un senso di indulgente freschezza mi inondò il capo e i piedi. Allora sollevai la fronte. La piazza era sfarzosamente accesa della luce del giorno, le case circostanti si disegnavano in linee nette e crude. Una fra tutte si distingueva per novità goffa e insolente; ed era quella che subito immaginai costruita sulle ceneri del mio incendio. Viandanti ignoti già transitavano lungo la via. Il candido battezziere era dileguato col mio sogno interrotto.

La rivelazione avventata di una scena così luminosa e violenta mi aveva sconvolta. Nel riavermi a stento, ricomposti dal sonno i muscoli e gli occhi, mi sentii trascinata sotto la casa nuova. Era tutta mattoni regolari e scoperti, con liste di cemento negli stipiti e lungo i ricorsi de' due piani, con certi ferri rugginosi senza scopo. Aveva del carcerario e del doganale. Sopra alla porta, tormentata da altre liste di cemento a raggiera, spiccava una lapide che stentai a leggere: tanto mi repugnava. Diceva che l'edificio era stato costruito per uso di asilo e di scuola sulle rovine di vecchie mura arse per criminosa perfidia e terminava stupidamente: - Dal delitto la virtù - dalla cenere la vita. - Confesso che mi sentii respingere qualche passo indietro da quelle parole. Perchè macchiarne il nitido marmo? Perchè insegnare ai ragazzi della scuola che bisogna ardere le vecchie mura per suscitare dalla cenere la vita? E perchè eternare la criminosa perfidia, se il fuoco, l'uso pio dell'edificio e la mia pena avevano tutto purificato?

Entrai nella chiesa ancora una volta per rifugio. Il prete, che davvero era diventato bianco dal giorno che lo avevo lasciato grigio, diceva la messa. Riconobbi la sua voce, che aveva più che mai sbotti di suono come la lucciola ha sprazzi di luce, tanto che era chiamato lucciola dalle mie amabili compagne, sempre pronte a dispensare un soprannome maligno. Riconobbi anche alcune devote che pregavano tenendo bassa bassa quella testa che a' miei giorni s'inalberava e girava come un arcolaio, più della mia. Pregavano certo per la loro perfidia, criminosa o no, perchè erano perfidiose, non foss'altro per l'invidia e il male che covarono contro di me. A mio confronto non erano maturate ma invecchiate. Egli è che loro avevano vissuto e io no; loro avevano prodigato la vita in tutti gli usi della libertà, io avevo custodito la giovinezza sotto terra come un tesoro nascosto nel campo; erano già in delusione, loro, perchè avevano còlto tutti i fiori del prato, io rinascevo allora alla primavera perchè avevo dormito l'estate. Aveva ragione il cappellano del carcere di dirci ne' suoi inascoltati sermoni: - fate serena rinunzia delle lusinghe e delle gioie che già vi offriva la libertà e pensate che non ha la vita un frutto che non sia seme di un altro non desiderato dal nostro piacere. - Solo allora ho inteso la grande verità di queste parole.

Desiderai farmi riconoscere da qualcuna. Mi alzai e andai a piantarmi davanti alla Pilucchia, che stava genuflessa sul pavimento nudo per maggiore compunzione. La Pilucchia era un'armeggiona, a' suoi tempi, piena di ripeschi e di scandali. All'ombra della mia persona alzò gli occhi, li dilatò guardandomi fissa e dopo qualche istante gridò:

- Gesummaria! - E si fece il segno della croce.

Poi si alzò pesantemente, puntando un piede alla volta, per cercare uno scampo. Ma io la rattenni e dissi:

- Vorrei rivedere mio padre. È in paese?

- E che so io dei fatti degli altri? C'è di certo Marcantonia.

Era questo il nome della marescialla; e la pia compagna me lo metteva davanti per contrapposto all'immagine di mio padre.

- Non importa, andrò io.

- Poverina! Non è per non fare una carità - riattaccò quella, cedendo già a una curiosità acuta. - Ma Marcantonia va in caserma per nulla.... e ha quattro figlioli carabinieri e uno nella finanza....

- Che credi? Io sono libera come te e non ho da fare nè con le caserme nè coi carabinieri.

- Sicuro! dopo tanti anni!... Dieci, è vero? E li hai fatti tutti! Ma quella donna ci ricorre per nulla, in caserma, anche se entra in casa un cane. C'è mai venuta a trovarti? T'ha mai portato nulla a te? Tutte le altre sono sempre partite cariche di qui: la Draga per il figliolo che fece tre anni, la Cecca di Bindo per il marito che rubò al macello, la Mariaccia del Mulino per la nipote che partorì un morto nella concimaia....

- E che importa? - troncai. - Andrò lo stesso.

E le voltai le spalle, sicura di farle un gran dispetto. E quando infilai la porta per uscire vidi che la Pilucchia aveva già radunato intorno a sè altre quattro o cinque devote, che mi guardavano con gli occhi fuori della testa, e sentii benissimo che diceva a loro:

- Come s'è fatta bella! E che galanteria!

Ero soddisfatta; e mi avviai con più coraggio alla mia casa. La girai a distanza, mi avvicinai ora qua e ora là con circospezione, finchè non vidi un uomo che dava di accetta su di un tronco. Non ebbi bisogno di osservarlo meglio nè di far la tara alle sue forme e a' suoi capelli, diversi da quelli di un tempo. Era mio padre.

Vi confesso che fino a questo momento non avrei creduto di provare tanta tenerezza davanti all'autore de' miei infelici giorni. Mi accostai in faccia a lui, a due passi, col cuore in gola, con le braccia e le gambe perse, sì che caddi in ginocchio e non potei articolare un gesto nè una parola. In quella lo spaccalegna levava in alto l'accetta per acconsentire un colpo gagliardo. Nel drizzarsi sulla schiena mi vide in quella posa strana, che pure dovette giovargli a riconoscermi, e rimase fermo con l'accetta in aria; poi se la lasciò sfuggire di mano e cadde bocconi verso di me. I due passi che ci separavano erano raggiunti dai nostri tronchi distesi, sì che le faccie erano a contatto. Nessuno parlava; tutto, anche intorno, era silenzio. Io baciai più volte la fronte paterna, ne sentii le rughe profonde come solchi scavati da vomere pesante, e provai per la prima volta un senso di venerazione. Egli aveva levato la mano al cielo come dovesse rimproverargli o volesse chiedergli qualche cosa; poi l'aveva posata sulla mia gota in una carezza ruvida e levigante come pomice piana. Un rivo del medesimo sangue gorgogliava forte nelle nostre vene, due cuori di una medesima fattura battevano rapidamente in un palpito solo; pareva che tutta questa unità di vita non potessero averla disgiunta mai o almeno non dovessero romperla più.

Ma mio padre aveva già distratto più volte gli occhi da me e li aveva rivolti alla casa, come temesse da quella parte il castigo, il terrore. Quando di nuovo era raccolto intorno a me e cominciava a dare sfogo al pianto e si disponeva a parlare, una maschia voce roca gridò dall'angolo della casa:

- Sangue d'una canna! Che è là? Ah te!... te vecchio cane! E quella....

Si interruppe nel riconoscermi o nell'indovinarmi, quel mostro di virago che gridava così. Era la marescialla, ancora col suo cappello a lucerna, con la sottana tricolore e la camicia ridondante piena sul ventre. Ma ricominciò quasi subito con certi strilli torbidi, come di elefante frustato:

- Fri! fri! Una pregiudicata intorno casa! E lui con lei! Una pregiudicata!

Credo che questa parola voglia indicare i condannati che hanno scontato la pena. Certo a lei doveva parere una parola dotta e schiacciante, secondo il manuale del perfetto carabiniere. Intanto a noi convenne alzarci e ammutolire come due amanti colpevoli, sorpresi allo svolto della strada deserta. Ma quella riprese a urlare:

- Calogero! Calogero! Corri, Calogero!

E venne di corsa un giovane in calzoni verdi con bande gialle, in maniche di camicia e con la pipa in bocca. Era certo il figliolo della finanza. A lui la madre ripetè tutte le eleganze della sua invettiva e finì per dirgli in tono e con gesto di comando:

- Tu provvedi perchè quella donna vada via subito dal paese e non ci metta più piede. Sangue d'una canna!

Io mi contenni dal rispondere, già che ancora non avevo fatto sentire la voce a mio padre; ma non potei frenarmi dal fare un passo verso quell'ammasso di iniquità. Allora cominciò a urlare:

- Oh Dio! mi assalta. Ai ladri! ai ladri!

E spinse tra lei e me il figliolo, che forse, più per l'effetto dell'urto che col proposito di toccarmi, mi posò le mani adosso. Per non autorizzare altri atti simili di obbedienza filiale e per darmi un irresistibile sfogo piantai i miei occhi in quelli del finanziere Calogero, gli tesi l'indice tra il naso e la pipa, e dissi:

- Senti, bel cafone! io non sono una ladra, io. E sono libera perchè ho regolato i conti con la giustizia. Starò dove voglio e fin che mi piace, anche qui, dov'è il mio posto. Nessuno può toccarmi senza consumare un delitto, intendi? In quanto alla casa e al podere, tutta questa è roba di mio padre, e, lui morto, è mia, capisci? È mia. Io non sono ladra, sono derubata e molto e da voi. Fin che voi state qui, invece che alla caserma o alla garetta, rubate sul mio. Ma il furto più empio e scellerato è quello che avete fatto di mio padre; voi me lo avete strappato di rapina, avete scassato il suo cuore e fatto violenza alla natura, mi avete rubato il suo amore, le sue cure, i suoi doveri, la sua benedizione. Io sì, posso gridare a voi, non voi a me: ai ladri! ai ladri!

Il finanziere non dovette ritenere queste parole un contrabbando del mio cervello, perchè le ascoltò con perfetta rassegnazione. La stessa marescialla non trovò una voce del manuale per rintuzzarle. Se le bevve a bocca aperta con tre denti in vista, e non sventolò come dianzi la bandiera della sua sottana tricolore, nè rullò la pancia come un tamburo, ma girò la posizione. Afferrato violentemente mio padre, ancora mutolo e inebetito, lo trascinò seco gridando:

- In casa! in casa!

E io dovetti convincermi che avevo discorso, camminato, patito invano. Mio padre non era mio.

III

Abbandonai la lotta inutile e mi avviai verso le ultime case del paese, per la strada donde ero venuta. Ma voi capireste, anche se io non lo dicessi, che non potevo allontanarmi senza qualche altro sfogo. La mia bellezza era ormai proclamata dalla Pilucchia; e la sua parola valeva bene l'eternità di una lapide, più di quella del palazzo bruciato; ma di fronte a qualcheduno non mi bastava di essere rappresentata soltanto dalla fama e dall'immaginazione.

In una di quelle ultime case si era maritata, poco prima dell'incendio, una delle più intime mie amiche, la Verrocchia. Mi ci avvicinai. Erano sulla porta quattro bambini scalzi, laceri, mocciosi, che intorno a una seggiola rovesciata allestivano la partenza della Posta. Domandai al più grande, che faceva da cavallo:

- C'è la mamma?

Benchè avesse in bocca una canna con due nastri che facevano da briglie, lo avevo riconosciuto, alle gote sporgenti e alle orecchie staccate, per il legittimo prodotto dell'amica.

- Mamma, ti vogliono - gridò il cavallo senza guardarmi; e partì con la Posta.

Comparve la mamma, grassa, disfatta, trasandata, che nel vedermi gridò subito:

- Caina! Lo dicevano che eri in paese. Sei proprio te? Sei stata a rivedere tuo padre? Lo hanno detto. Come stai bene! E che bella signora sei!

Forse per questo non mi dette un bacio nè mi porse la mano. Bensì l'aveva così sudicia! Risposi che avevo visto mio padre e ci eravamo abbracciati con tanto piacere.

- Non ti trattieni da lui?

- Poco.

- Ma siediti, Caina. Sai, ti chiamo anc'oggi così perchè ti lasciavi sempre chiamare così..

- Mi sederò, ma fuori. Qui non c'è posto e fa caldo.

E io mi sedetti fuori dell'uscio, lei al di dentro. Questa casa era dalla parte opposta ma a brevissima distanza da quella di Lorenzo, il mio amante. Con sottile cautela feci che il discorso cadesse sopra di lui.

- Ah quello - cominciò a svesciare la Verrocchia - quello fa i suoi comodi. Dopo averti sacrificata a quel modo prese una donna del Poggio con un sacchetto di scudi, brutta, spilungona, con certe costole come quelle di San Girolamo della chiesina, ma perbene, sfido io! Sta sempre in casa coi figlioli e non tratta con nessuno, perchè dice che noi non siamo gente civile. E si è accasata proprio con la peggio canaglia di quanti siamo! Sai, tutto il paese lo dice che la grullarella a fare la baldoria alla casa di piazza fosti te, ma la spinta e magari i fiammiferi te li dette lui. Ma te facesti la sciupona col prenderti tutta la broda addosso e lui fu salvo. E poi è nato vestito. Ora ha anche il cavallo; anzi esce ogni poco di casa e va nella stalla accanto; non vorrei ti vedesse.... Sarebbe bene che tu venissi dentro.

Non pensate, non mi mossi. Ero venuta qui apposta e tenevo d'occhio quella porta che conoscevo così bene. La Verrocchia osservava maravigliata il mio abbigliamento di buon gusto e diceva:

- Sei diventata ricca, in prigione.

- Certo, ho ritirato alla porta del carcere il deposito intatto della piccola parte che mi toccava sul lavoro di dieci anni. E mi basterà per vestire e campare almeno un anno.

- E come sei elegante!

- In quattro mesi passati in città ho fatto l'occhio alle novità del giorno. Il resto è fattura della mia mamma. Non ti pare effetto della mia figura?

Ma l'amica insisteva più volentieri sull'abbigliamento, quasi mi appartenesse meno; ne toccava ogni piega, ogni nastro, e esclamava:

- Ma che trine! e che veli! Caina, sei vestita di nuvole. Come vola, questa sottanina corta! e come finisce bene questo scollo! O queste calze trasparenti? Lo stesso che aria! Se non fossero codesti scarpini lucidi che accecano, tutti direbbero che sei mezza nuda. Davvero, Caina, ci hai poca roba adesso, ma quella poca oh come è bella!

Io ascoltavo la lode dell'antica compagna come una palinodia della mia triste giovinezza. Cercai di avviare la conversazione verso la fonte di altre notizie. Vi dissi che la casa incendiata apparteneva al rivale di Lorenzo. Quel giovanetto si era rivolto a me prima di lui, e però non potei secondarlo, tanto più che la sua famiglia non era contenta della scelta. Ma l'innamorato insisteva nella sua passione, smaniava sotto la mia finestra, nella strada degli ontani, in chiesa, e faceva a Lorenzo ogni sorta di provocazioni coperte. Di qui la vendetta.

- Anche la famiglia del palazzo bruciato - riprendeva la Verrocchia - non lo può vedere, quel volpone là. Dopo il bruciamento voleva che pagasse i danni, ma per via del processo che lo mandò libero non pagò mai nulla. La famiglia si ricattò con la vendita del terreno al municipio, che ci fece le scuole. Ma Lorenzo odia sempre Millo come il giorno che gli desti le pere per via di lui.

- E non ha altro da fare, Millo?

- Sta con sua madre nell'altra casa di famiglia, là alla chiesina di San Girolamo, e traffica in grano.

La porta di Lorenzo non si apriva. Era mezzogiorno. E se lui non è in casa, io pensavo, non uscirà a quest'ora, a meno che non pensi al governo del cavallo prima che a sè. Finalmente la porta si aprì e venne fuori un uomo che si avviò alla stalla. Nell'accostarsi al portone fu colpito dalla presenza di una forestiera elegante su quell'uscio affumicato, perchè, aveva ragione la Verrocchia, io ero elegantissima. L'uomo dette un giro di chiave e mi guardò, un altro giro e mi guardò di nuovo. Stette dentro poco tempo e quando uscì mi fissò più a lungo, chiuse il portone e rientrò in casa. Di lì a poco vidi aprirsi una mezza finestra e apparire cautamente due faccie adossate che si volgevano verso di me. Una era dell'uomo della stalla, l'altra di Lorenzo. Io accavalcai i ginocchi e seguitai a conversare con stentata disinvoltura, ma dovetti dire cose strane, perchè l'amica mi interrompeva domandandomi:

- Sarebbe a dire? Le galline con le ghette? Le tarantole alla finestra?... O che storie mi conti?

In verità la seggiola tremava sotto la mia persona. Bensì era così sconquassata e chi sa quante corse aveva fatto con la Posta! Vidi schiudersi un'altra finestra e sporgerne il capo enorme e mal pettinato di una donna. Allora cominciai a dondolarmi sulla seggiola, a rischio di farla in pezzi, intanto che seguitavo a parlare e gestire più enfaticamente. E l'amica m'interrompeva:

- Ma che dici? Sogni?

- Si - risposi nel ricompormi - volevo raccontare il sogno che feci l'ultima notte in prigione.

Intanto tornava la Posta dei ragazzi, col cavallo interamente sbrigliato e uno dei postiglioni ferito. L'amica ebbe un gran da fare: frustate al cavallo, improperii ai postiglioni, sputi, e ragnateli sulle ferite nei ginocchi del più piccino. Ma io non cessai di tener d'occhio quelle finestre, finchè non vidi che tutt'e due si chiusero e che anche le imposte furono sbarrate. Non uno spiraglio indiscreto, non un ultimo indugio di Lorenzo. Anche questo desiderio di sfogo doveva finire così. Io salutai la Verrocchia, la quale abbozzò un timido invito a mangiare la minestra con lei. Ringraziai e ripresi la strada verso il centro del paese, quantunque l'amica mi ripetesse più affettuoso l'invito via via che mi allontanavo.

Era mezzogiorno; e la veglia, il cammino, le tante e veementi emozioni mi facevano sentire il bisogno di sostentarmi. Le case erano chiuse e ne veniva fuori un alternare di voci che parevano festive, un cozzare di scodelle con quel suono particolare del concavo che le distingue dalle altre stoviglie, e io provavo un senso di invidia confuso con l'appetito. Vidi un'osteria che a' miei giorni non c'era e vi notai un coltellinaio che teneva sul desco la sua lucente cassetta aperta a squadra, una merciaia che sedeva accanto a una montagna di nastri e fusciacche d'ogni colore, e un'altra donna senza carattere professionale. Mi parve conveniente, entrai e sedetti. Però non avevo notato un prete che era in piedi presso il banco dell'oste e ritirava del denaro. Nel riporlo si rigirò e mi vide. Fece prima un atto di curiosità, poi d'intelligenza affabile e bonaria. Io mi alzai e piegai il capo per salutarlo; quegli mi passò davanti per uscire, inchinandosi verso di me e levandosi il cappello.

Fu lunga la minestra che avevo chiesto, sia nel farsi attendere che nel lasciarsi pescare. Poi presi quel che mi dettero. I commensali ciarlavano in vario senso. La merciaia diceva che le donne di questo paese non hanno gusto, tutte preferendo il verde al lillà, mentre che perfino i lumi da notte oggi si velano di lillà e non di verde, che è il colore degli spedali per gli occhi. Il coltellinaio aveva attaccato discorso con la donna senza carattere professionale, che ripeteva spesso di essere milanese; e vantava la sua mercanzia come vilia ma eccellente perchè di Scarperia. La milanese non intendeva e quasi si adontava:

- Roba di forbici e di coltelli della scarperia?

- Prego - diceva il coltellinaio - di Scarperia.

- Fa lo stesso - insisteva la signora. - Insomma di un calzaturificio.

- Ohibò! di una fabbrica rinomata da più di mill'anni, che lavora le prime forbici del mondo. Ogni donna di garbo ne tiene due o tre paia in casa per tagliare tanto il panno da inverno, la juta, la tela greggia, quanto la seta, le unghie e il pelo.

Io mi astenevo dall'intervenire, anche perchè la merciaia aveva avviato una dotta dissertazione sulle trine e minacciava di farla cadere nel confronto tra le mie e le sue. Per finire chiesi dell'uva e la succhiai come il petto della madre pensando che era frutto della mia terra, quando entrò nell'osteria un giovane sui trent'anni. Girò gli occhi inquieti e già disposti a cercare, li posò un istante e intensamente sopra di me e andò al banco della bottega per farsi mescere del vino. Nel bere lentamente mi guardava dall'alto e io gli rispondevo con sguardi brevi e umili come dicessi: ecco la donna; che vuoi dirmi? perchè mi guardi? per avvilirmi o sollevarmi? Il giovane era smarrito, non ritrovava i

13

gesti e i movimenti naturali, diceva parole insensate all'oste, si rigirava, pareva non sapesse neppure dove metteva i piedi.

Non ebbi più dubbio. Era venuto per me, i suoi occhi inquieti e già disposti a cercare non cercavano che me, e certamente era accorso alla notizia della mia presenza, risaputa dal suo vicino di casa, dal buon prete che mi aveva reso il saluto generoso, perchè quegli era il cappellano della chiesina di San Girolamo: e dianzi la Verrocchia aveva detto chi ci stava, accanto a quella chiesina. Voi avete capito che il giovane era Millo, il rivale di Lorenzo.

Non mi parve conveniente trattenermi. Pagai lo scotto e uscii in direzione della Verrocchia. Bensì nel mio disegno io non ero diretta alla casa dell'amica e nemmeno all'uscita del paese col proposito risoluto di allontanarmi. In verità non avevo alcun disegno definito e camminavo istintivamente, dovrei dire: del mio passo. Intravedevo a distanza quella casa contigua alla stalla e qualcuno che vi era davanti, ma non sapevo se là era fermo Lorenzo, come non sapevo se Millo mi seguiva. Ma voi non mi fate una domanda che in quel momento io facevo a me stessa, perchè non saprei oggi, come non sapevo allora, ritrovare una risposta: avrei preferito che Millo fosse dietro la mia pesta oppure che Lorenzo fosse davanti alla sua casa, supposto che l'uno e l'altro fossero ugualmente disposti ad avvicinarmi?

Voi condannerete questa mia ambiguità di spirito. Ma voi conoscete le situazioni semplici, ancorchè angosciose, e ignorate quelle che si attorcono intorno all'anima come il turbine alla sua spira. Voi non sapete che ìmpari lotta sia la difesa della donna costretta non a scegliere la sua sorte ma a dominarla. L'ambiguità era tra la spietata successione delle mie vicende e la brusca attualità di desiderii e di bisogni che alla loro volta erano in pieno contrasto tra loro. Io desideravo in Millo, che pareva offrirmela spontaneamente, la prova clamorosa della generosità e del perdono col suo ravvicinamento, desideravo il frutto della lunga fedeltà del suo amore, che avevo posposto al dominio brutale e al delitto, infine desideravo la continuata dolcezza de' suoi occhi, che dianzi guardavano senza un velo di rigore al di là de' miei dieci anni perduti. In Lorenzo secondavo un bisogno di giustizia e umanità, cercavo una conseguenza, una ripresa del passato tragico per vederne spicciare una lacrima di riconoscenza, un gemito di verità, cercavo uno sfogo al dolore e al sacrifizio che avevo sostenuti sola e dimenticata per lui. Millo portava in seno, con tutte le illusioni e le cieche speranze, l'avvenire ricongiunto al passato con un arco sottile di ricordi; Lorenzo serbava in sè il mio passato intero e profondo, tutta me stessa, i segreti della mia passione, il fiore della mia purità; io ne portavo le impronte e il ricordo ricalcato per tanti anni in un pensiero solo. Ora condannate l'ambiguità del mio spirito.

IV.

Già distinguevo la casa della Verrocchia e quella opposta. È strano: credetti di riconoscere l'uomo che vi era davanti, ma non già al suo aspetto attuale, bensì al ricordo di quello di un giorno, che oggi era profondamente mutato. Procedevo come su una via tracciata per i miei passi, tanto che mi pareva si alternassero da sè, fuori della mia volontà. Oramai non rimaneva più dubbio: l'uomo era Lorenzo.

Ero a tale distanza che se lo avessi chiamato senza alzare la voce sarei stata udita. Costui guardava dalla parte opposta come aspettasse di là qualcheduno. Ad un tratto si voltò. I nostri occhi si incontrarono, fissi e penetranti come due stili i miei, contorti al primo urto e ambigui i suoi; gli uni e gli altri si misurarono in un massimo sforzo; i suoi cedettero. Egli entrò rapidamente in casa, e io vidi bene, nel passare davanti, che la porta era chiusa, perfettamente chiusa. La mia strada non aveva più traccia; io la continuai ciecamente. Dianzi mi si offriva una scelta tra due desiderii e due fini; ora che ne era fallito uno mi pareva che non ne avanzasse più un altro. E però non mi voltai indietro per vedere se Millo mi seguiva.

Lo stallatico dove ero scesa la notte era sulla mia strada, distante un chilometro dalle ultime case; e ora percorrevo questo tragitto. Il viale degli ontani, che incominciava fuori del paese, il trivio, dove il viale terminava con la bottega del bottaio da una parte, il ponticino più avanti con i due muriccioli, abitato dai sogni serotini paesani sopra e sotto, il solitario cipresso a due passi, cantorìa di usignoli in gara di amore con noi ragazze, tutti questi aspetti delle cose d'intorno, interrogati sulle traccia dei ricordi, mi apparivano muti, inerti, ridotti in disuso, come se nessuno più rifacesse nelle sere di festa e nelle notti scure il viale alberato, nessuno si fermasse al trivio aspettando e motteggiando, nessuno sedesse sul ponte o ne scendesse al di sotto in ascolto del cipresso canoro. E camminavo con un senso di morte nel cuore, senza il desiderio di dire addio a quei luoghi, che non rispondevano a nessun sentimento, a nessuna voce.

Il mio vetturino, come mi vide comparire allo stallatico, buttò sulla panca le carte da gioco e si mosse col compagno verso il cavallo ruminante alla greppia, dicendo:

- Attacco subito.

Ecco che la risoluzione di partire, anche se non fosse stata definitiva e irrevocabile per parte mia, era dichiarata da lui. E partimmo. Il barroccino a due rote mi faceva acconsentire alle flessione e agli slanci del cavallo in corsa e spezzava il mio pensiero spargendolo nell'aria trinciata dalla velocità, riversandolo sulle ultime impronte dei ricordi. Di lì a poco la mia mente era vuota, come se il vento avesse preso il posto delle mie meditazioni. Credo che per un'ora viaggiai così, finchè non appresi il rumore di un veicolo che avanzava dietro di noi. Badate che io non vesto di immagini finte il mio racconto; vi dico che alla carriera garosa del cavallo di dietro, al suo scalpitare irrequieto che risentiva di una passione umana, io ebbi la perfetta impressione di essere inseguita.

Mi voltai a sinistra e vidi un giovanetto seduto accanto a chi guidava, sorridente per espressione della vittoria di averci raggiunti; mi girai con certa ansia a destra per osservare il vero vincitore. Chi mi inseguiva? Chi poteva aver ragione d'inseguirmi? Millo.

Allora la mia mente ricominciò a farneticare. Quella sorpresa ne riempiva il vuoto, ma vi rinnovava il recente contrasto tra i due desiderii, di essere avvicinata dall'uno o dall'altro, come non avessi oltrepassato invano la casa che si era chiusa alla mia presenza, e mi faceva ancora sentire il dubbio della scelta, quasi non si fosse ora risolto da sè. Il mio barroccino si fermò alla stazione e io ne discesi; si fermò di lì a poco l'altro e ne discese Millo. Il mio vetturino e il giovanetto sorridente della vittoria rivoltarono i cavalli verso là via percorsa.

Alla stazione erano quattro o cinque persone in quel vario atteggiamento che è dato dalla particolare ragione del partire. Come avrò dovuto atteggiarmi io che venivo da così contrastate emozioni ed ero nell'ansia di una nuova? Mi sedetti accanto a una donna, circondata di panieri e fagotti e che mostrava una grande tristezza. Mi disse che andava a trovare una figliola in pericolo di vita e che quel suo svariato bagaglio era destinato a sei nipoti, sulla cui sorte piangeva immaginandoli già orfani della mamma. Millo andava e veniva dal piazzaletto della stazione al finestrino dei biglietti, che non era ancora aperto. La povera donna continuava ne' suoi sfoghi informando me, proprio me, che il suo genero era in prigione.

- Ci pensate? - singhiozzava - con una perla di donna come la mia figliola, tutta casa e faccende, con sei angiolini, farsi buttare in prigione! Una famiglia perbene come la nostra, che non ha mai visto un tribunale, avere un parente galeotto! Gesù! Gesù! Meglio morto! E ora invece sarà già morta lei!

Millo ripeteva le sue passeggiate al finestrino; l'infelice donna raccontava la storia del delitto. Mi pare che la scena fosse un'osteria, la vittima un rompicollo, la causa di tutto la birra alternata col vino. In quella il finestrino si aprì. Millo, che vi era davanti, dette la precedenza a una contadina, poi a un vecchio; si avvicinò la povera donna e io dietro a lei; lasciò il turno anche a noi.

Non so ridire come io proferii il nome di Firenze, il luogo di mia destinazione; se in tono da essere udita da Millo oppur no. A Firenze avevo passato il maggior tempo della pena, vi avevo fermato la dimora dopo la liberazione, e ora vi dovevo ritornare. Non dico qual era il viaggio che dovevo fare nè quale la stazione donde ora partivo perchè desidero che ignoriate il mio paese natale e non ricerchiate le tracce della mia storia. Salii in un compartimento dove erano due altri viaggiatori; non vidi dove salì Millo e neppure se salì.

Era ormai sera, quando a una prossima stazione uno dei viaggiatori del mio compartimento discese e apparve sull'uscio dal corridoio comunicante la figura di un uomo, che si sedette dalla mia parte, in faccia al viaggiatore che era rimasto raccolto in un angolo e dormiva. A un tratto ebbi una strana impressione: che venissi meno e affondassi nel mio posto e che qualcuno mi fosse accanto e mi toccasse per soccorrermi. Come presto mi riebbi, mi accorsi che il nuovo viaggiatore si era addossato a me, aveva preso una mia mano nelle sue e mi parlava all'orecchio.

- Vanna - mi diceva - ti dispiace che ti abbia seguita? Non vuoi che ti accompagni?

Mi par di ricordare che replicai più volte: ma perchè? ma perchè? Ricordo bene che avrei voluto reagire con una schermaglia di maggiore apparenza, con accento forte e sdegnoso, e che mi ritenni per timore che il viaggiatore si svegliasse e mettesse fine all'assalto. E così per una circostanza estranea e accidentale, dovuta a un uomo che dormiva, io detti alla ventura un andamento diverso dal conveniente e la affrettai.

- Io sono tutto per te - susurrava Millo - come non siano passati tanti anni, come nulla sia mai successo. Non ti basta questa prova? Chi te ne ha data un'altra? Chi è venuto a cercarti in paese?

In verità questo argomento mi ritrovava la parte più sensibile nelle mie impressioni della gita. Pure dovetti confutarlo col fargli considerare lo scandalo che sarebbe caduto sopra di lui, il ricordo incancellabile del mio delitto, il suo danno, l'odio che si sarebbe riacceso nel rivale innominabile. Non ero sincera, perchè per appunto queste considerazioni mi facevano grata e seducente l'offerta. Infatti lo scandalo del paese sarebbe stato il mio trionfo, il perdono dell'offeso la mia riabilitazione, anzi la vera sentenza della mia condotta, l'odio geloso di Lorenzo la più grande mia ebbrezza. Millo sempre più mi stringeva di fianco e chiedeva un bacio in pegno del mio assentimento.

- Non facciamo i ragazzi! - mi limitavo a dire. E accennavo al viaggiatore per avvertire che si poteva svegliare; ma era evidente che non si sarebbe svegliato. Il cappello sugli occhi, il bavero fin sopra gli orecchi, ripiegato il corpo in tre o quattro pezzi, era come affondato nel suo sonno melodioso. Millo non se ne dava soggezione e mi circondava tutta della sua carezza e mi sfiorava il viso e il collo delle onde calde del suo respiro appassionato.

- Sei bella, Vanna - mi diceva - più bella che a vent'anni.

Finalmente riuscì a darmi un bacio.

- Ecco - dissi - un capriccio precipitato!

- Precipitato! Precipitato dopo dieci anni, più il tempo delle prime offerte respinte!

- Vedi - ripresi con dolcezza - tu mi ricordi le prime offerte, e io so bene quanto erano sincere e come male le respinsi, perchè trascinata da altri fino all'ultima follia; più tardi, troppo tardi, mi accorsi a chi avevo dato la preferenza. Ma ti illudi nel credere che il tuo amore sia durato dieci anni. No, finì al principio, e oggi credi che ricominci perchè mi ritrovi, come crederesti che torna l'estate se sentissi nuovo tepore in autunno. Ma questo non può essere il tuo amore, che è morto da dieci anni; è soltanto il desiderio di provarlo ancora, di farlo rinascere.

- Ebbene rinascerà, e nascerà un frutto, e tu sarai contenta, perchè io ti sarò fedele. Ma non fare i giochi tra l'amore e il suo desiderio, perchè io mi perderò nelle tue parole come mi perderei nei tuoi capelli. Quanti e che magnifici capelli hai, Vanna!

E mi premeva le sue dita sopra la cervice e nelle tempie, scomponendo la mia densa capigliatura. Allora io mi ricordavo della voce che mi diceva davanti allo specchio: chi scioglierà questi capelli? E mi schermivo affinchè la voce del destino non si adempisse con precipitazione. Pareva che il sonnolento viaggiatore mi aiutasse a moderare gli impeti, perchè per qualche momento si risentiva, ma presto mutava il ritmo del sonno convertendo le sue armonie nello stridore di un argano arrugginito. Millo ne approfittò per svolgere il suo programma d'amore.

- Vanna, tu devi esser mia, a ogni costo, per sempre. Io sento che oggi ti desidero cento volte più che nella prima passione. E tu ragioni di amore finito durante i dieci anni. Sappi che anche in quel tempo ti ho desiderata, ti ho veduta in ogni ricordo, ti ho messa al di sopra di tutte le donne. Tanto è vero che un'altra non mi ha mai attratto alla sua unione fino a trent'anni. Tutti gli altri giovani del paese non hanno fatto così, tutti, capisci? Avrei voluto farmi vivo con te; ma come potevo, se tu eri partita con apparenza d'odio verso di me e della mia famiglia? Compenseremo il tempo perduto. Lo compenseremo, Vanna?

Questo nome, il mio vero nome, non sentivo pronunziare da quasi vent'anni, perchè in paese mi avevano ribattezzata fin dall'infanzia e in prigione non ero che un numero. Sicchè lo ascoltavo come un ricordo lontano e stanco, quasi mi appartenesse appena. Ma Millo me lo stampava nelle orecchie per farmelo meglio sentire, come una segreta intimità ritrovata da lui e per suo unico uso. Era nella sua passione una veemenza che traeva certo dal sensuale, ma non si scompagnava dal ragionevole. In fondo voleva fossi sua, ma anche per sempre; toccava a me ottenere la mallevadoria anticipata della perpetuità.

Intanto ci si avvicinava a Firenze e io mi affrettavo a intimare a Millo come il suo ufficio di accompagnatore fosse finito. Egli mi chiese un convegno per il giorno di poi e io glielo concessi. Allora mi dette un altro bacio senza riaverne il cambio e mi lasciò col dirmi:

- Domani! domani!

Il treno rallentava sempre più i suoi ultimi tratti, come i suoi rantoli il morente; il viaggiatore addormentato cominciava a risentirsi dagli sprazzi di luce che lo investivano di dentro la stazione, dopo essere stato estraneo e insensibile a tanta irradiazione di calore.

V.

La mia dimora in Firenze era vicina al carcere di Santa Verdiana. La mia finestra dava sulla vasta piazza del mercato di Sant'Ambrogio. Credo fosse un mercato secondario e la piazza resultasse da non antiche demolizioni; i suoi contorni avevano un aspetto non di nuovo ma di malamente rinnovato; le piccole e misere case serbavano l'impronta dell'aria colata dei vicoli disfatti e rivelavano come un senso di vergogna della luce sfacciata. Il mio assetto precario in quella casa si accordava con l'aspetto posticcio e quasi vergognoso del luogo.

Io non avevo dormito tutta la notte, ma la mia veglia fu consolata dai ragli frequenti degli asini che prima di giorno portano gli ortaggi al mercato. La mia sensibilità era purtroppo tesa verso tutte le memorie della mia esistenza, ma quelle voci asinine non mi turbavano più col ricordo della disgrazia che mi fece chiamare Caina, ora che Millo mi aveva dolcemente restituito il mio vero nome. Al far del sole, accostandomi alla finestra, vidi lui che già passeggiava davanti alla mia porta. Allora mi turbai, perchè mi persuasi che ieri non avevo saputo regolare a dovere la sua impazienza. Ma chi ha mai posseduto la misura nelle giostre d'amore? Si sa che l'uomo è sempre in anticipazione di almeno mezza strada nella corsa al desiderio e che spetta alla donna sfuggirgli a tempo e farsi raggiungere alla posta propizia per continuare di passo uguale il cammino; ma è un limite in ogni gara e un pericolo nell'eccesso della prudenza. Lo so io, che decisi così male nella gara tra Millo e Lorenzo.

Mi ritrassi per non anticipare la visita. All'ora fissata Millo, dopo un saluto che pareva un assalto, si aggirava nella piccola stanza come un orsacchiotto in gabbia, adocchiandone tutte le aperture, ma per tutt'altra ragione che per fuggire.

Io assunsi un contegno rigorosissimo, senza piegare un momento. È inutile che vi descriva la scena scabra. Il punto saliente era il matrimonio, che io opponevo come condizione e principio della nostra intesa e che Millo non respingeva ma differiva come un premio, una solennità finale. A un certo punto dovetti alzarmi e correre all'uscio in atto di estrema difesa. Allora Millo, nell'osservare i miei occhi fiammanti di sdegno e risoluti a tutto tranne che alla dedizione, tramutò la sua fervida passione in un senso cupo di paura, certo ripensando al ghigno della mia bocca scomparso e al soprannome smesso, uscì di traverso scansandomi, e quando fu fuori della stanza mi gridò:

- Caina!

Neanche la notte seguente dormii. Il pio benefico sonno, che rimargina i solchi della fatica e rinnova la freschezza alle fonti della vita, era sdegnato di me che da anni e anni non lo accoglievo con calma e in rassegnato abbandono. E quella notte non trovai conforto negli usati ragli festosi, perchè ero stata così atrocemente chiamata col nome che ricordava la mia vittima innocente.

In tutto il giorno ero stata raccolta nel disinganno della speranza nata e svanita in poche ore. Dico speranza, ma, intendetemi bene, io non amavo Millo, speravo nel suo amore, che un giorno, con quella differenza di passo che dianzi dicevo, resa anche più lenta dal mio stato d'animo, avrebbe destato in me una corrispondenza arrendevole e ragionata, mista di gratitudine e di tenerezza. Millo non mi era indifferente, perchè si confondeva nel mio passato, che ormai occupava tutta la mia vita, e si mescolava nella storia del mio amore fatale come un punto di confronto e di distacco, di contrasto e di associazione. Insomma io sentivo che mi sarei lasciata volentieri amare dal rivale del mio amore.

Poi la bellezza della sua generosità e il vantaggio della mia rivendicazione mi commovevano; e quando noi donne siamo commosse possiamo far conto di essere innamorate o disposte ad amare.

La mattina mi riavvicinai alla finestra e vi rimasi lungamente. Lo credereste? io no. Millo passeggiava sotto la mia casa. Mi pareva di essere stata decorosa e severa abbastanza, anche per non essermi fatta viva fino a questo momento, e però aprii la finestra e mi affacciai. Millo mi guardava fisso, io lo adocchiavo di quando in quando e con sincera espressione di sentimento mortificato. Mi domandò con cenni se lo avrei lasciato salire e io assentii dopo qualche esitanza, che non era sincera.

Millo entrò nel salotto coll'aria di chi crede di avere tutte le ragioni e si offre a cederle in blocco a chi ha torto.

- Questo matrimonio - domandò imbronciato - in quanto tempo s'ha da fare?

- Non so - risposi. - Ma si deve proprio fare?

- Ah! ora che io mi faccio avanti tu dài indietro.

- No, penso che questo fatto offerto oggi non era accettato ieri e dubito che non venga dalla tua volontà ma da me e dal mio contegno. Sei libero, rifletti.

- Io non lo rifiutavo, ma mettevo avanti a tutto la spontaneità del mio amore. Tu rovesci le cose; e sia. Ma non vuoi nemmeno che il matrimonio si affretti?

- Non dico; quello che voglio è che si faccia di tua libera volontà.

- Bene, torno al paese e faccio le pratiche necessarie. Ora sei contenta?

In così dire si avvicinava a me, che ero in piedi come lui, sfiorava con le sue mani tremanti le mie, sospirava commosso presso la mia bocca, in tutto l'atteggiamento umile e anelante si mostrava sinceramente soggetto a me. Avevo vinto. Con la certezza e la soddisfazione della vittoria lasciai che le mie mani si confondessero con le sue, che la mia bocca si congiungesse con la sua bocca, e per la prima volta gli ricambiai il bacio che suggellava il nostro patto. Poi, per non mettere a troppo lunga prova la sua docilità, lo persuasi ad affrettare il viaggio, e nel congedarlo gli dissi:

- Ricordati, nel fare le pratiche, che il mio nome è Vanna....

Corsi a confidare il lieto disegno a suor Teresa, la madre superiora del carcere di Santa Verdiana. La buona suora si prendeva cura delle sue carcerate anche dopo la liberazione; cercava per loro una prima onesta dimora in taluna delle vicine casette di Sant'Ambrogio, e tale era la mia; poi si manteneva con loro in relazione nelle vicende successive, prodigando consigli, esortazioni, preghiere. Durante la pena provvedeva a ogni carcerata, secondo i vari desiderii, un lavoro manuale, ed a quelle che come me si consolavano della lettura ogni sorta di libri. Fin dalla prima prigionia il mio trasporto per la lettura aveva l'attrattiva e quasi l'impeto della disperazione; mi rapiva fuori di me e lasciava al posto dei miei torbidi pensieri quelli oziosi e tranquilli degli scrittori. Leggevo nelle ore di lavoro e di riposo e nella massima parte della notte, quando mi era concessa la grazia della candela dal medico del carcere, il quale doveva solennemente attestare la necessità di questa cura per la mia insonnia dolorosa.

Quando annunziai a suor Teresa il mio futuro sposo, ella disse:

- Per l'appunto il rivale! Ma come scherzate volentieri col fuoco, voi altre povere farfalle! Consiglierei almeno di non andare a vivere in paese e di non farci neppure il matrimonio.

Scrissi a Millo, che accettò il prudente consiglio in quanto al luogo dello sposalizio; rispetto alla scelta della dimora si riservò di ricercare un termine che si conciliasse con la necessità de' suoi interessi.

In meno di un mese, nella chiesa di San Giuseppe, la parocchia del carcere, fu celebrato, dopo il matrimonio civile, quello religioso. Era ministro del rito il buon prete di San Girolamo del mio paese, quegli che aveva informato Millo della mia presenza, ora venuto di laggiù insieme allo sposo. Suor Teresa assisteva in ginocchio e pregava. Pregava con quel fervore che già avevo notato in lei una volta, quando era inginocchiata al letto di una povera compagna inferma e in pericolo di vita.

VI.

Il matrimonio non ebbe per me l'allettamento comune alle spose, la curiosità. In compenso l'innata bonomìa di mio marito evitò i contrasti che sarebbero derivati dalla profonda differenza di temperatura nelle nostre relazioni. Mi amava senza chiedere di essere riamato altrettanto; ma la sua passione discreta, il benessere che mi procurava, il rispetto che mi conferiva sapevano di concessione, di dono, e mi costringevano a un vincolo di gratitudine legittimo e giusto ma tiranno. Mi pareva di ritrovarmi ancora una volta in prigione sotto un'autorità penitenziaria dolce, benefica, che aveva fatto d'oro le sbarre, ma che pure non mi lasciava libertà di vivere e di sentire secondo il mio cuore. Quella condizione di perfetta e costante normalità mi faceva sentire la monotonia fino allo sgomento di sopportarla. Nondimeno fui una moglie attenta a tutti i miei doveri. Dell'abuso della mia sensibilità eccitata non mi vendicai; e ciò basti a lodarmi di non essere mai stata una civetta, benchè caduta una volta a vent'anni.

Ma non sento la voglia di esporre le intimità della mia vita coniugale, io che dianzi ho provato piacere a soffermarmi con minuzia prolissa sugli incontri avventurosi dopo la liberazione. Mancherei di rispetto verso mio marito, che in fondo è stato sempre buono e generoso. Non mi tenta neppure il ricordo delle due gite che feci con lui al mio paese. In nessuna mi accadde di rivedere Lorenzo.

La nascita di un sano e bello e graziosissimo bambino occupò provvidamente i miei pensieri, le mie ore, tutta la mia sensibilità. Lo nutrii del mio petto, lo crebbi tra le mie braccia, non lo lasciai un'ora sola. A tre anni il mio Bindo era una promessa di vita piena e perfetta. Suo padre gli voleva molto bene; ma, oh Dio! ne voleva tanto anche a me, cosicchè qualche volta ne era geloso.

La vigilia dell'Epifania che ricorreva quando il nostro nato aveva tre anni, Millo e io uscimmo per fare acquisti destinati alla sorpresa che gli avevamo annunziata da tanti giorni e in tanti modi favolosi. Fu un'ora di intima tenerezza. Accoppiati in uno stesso piacere, fissi in un solo desiderio, sentivamo in comune l'opera generatrice come dovessimo riplasmarla del nostro amore. In realtà rifacevamo un essere, non più dal nulla ma dalla gioia del suo crescere e del suo sentire.

Io scelsi varie scatole di ninnoli e di chicche, alcune pecorelle di gesso, un cane e un lupo, sapendo quanto volentieri Bindo si divertiva a mettere le cose in azione. Millo pensò a premiare la recente prova di coraggio che Bindo gli aveva dato per sua particolare soddisfazione coll'adattarsi a dormire solo nella sua cameretta: gli comprò uno snello tavolino e un piccolo lume a petrolio, tutto graziosamente adorno di frange rosse e fiorami.

La mattina di buon'ora, alla luce della lampada avuta in dono, Bindo era al lavoro nel delirio della felicità. Lavorò tutto il giorno senza dar pace agli animaletti disposti in tutte le direzioni sul suo tavolino.

La sera cenavamo di buon umore. Bindo richiamava tutta la nostra attenzione sui pericoli del lupo lasciato a poca distanza dalle pecore e sulla dubbia fiducia nel cane piantato nel mezzo a far la guardia. Poi aveva preso a tormentarsi col pensiero di mandare le pecore a dormire.

- Non sono mica grandi come me! - diceva. - E sono al buio! E non stanno a cena come noi! Eppoi noi siamo in tre e loro son sole!

Insomma voleva alzarsi da tavola; e io dovetti aiutarlo a scivolare dal suo seggiolino. Mi dette appena tempo di sfiorargli con un bacio la testolina ricciuta, odorante di aggraziato pollino, e corse a prendere per la mano Eufemia, la nostra servetta, per farsi condurre nella propria stanza attigua alla nostra. Di là proveniva la tenue luce vermiglia, trasparente dalle frangie e dai fiorami, e la voce della coppia amica, che discuteva del lupo che dormiva e non dormiva oppure faceva le viste. Poi la donna venne intorno a noi per servirci. Si sentivano le piccole mani di Bindo battere forte sul tavolino e la sua tenera voce ora gridare al lupo e ora abbaiare con la gola di un cucciolo lattante.

In questo mentre Millo alzava la voce per rimproverare Eufemia che aveva rovesciato qualche cosa sulla tavola. La donna rispondeva e Millo sempre più gridava. Io dovetti metter bocca; certo dovemmo altercare per qualche tempo, perchè non avvertii più le piccole mani di Bindo nè la sua tenera voce nè alcun rumore nella sua stanza, finchè non vidi sull'uscio comune alla nostra piombare per terra qualche cosa che bruciava, un mucchio di trucioli e di cenci in fiamme, un fuoco strano, irriconoscibile, spaventoso.

Mi precipitai nella stanza di Bindo, saltando le fiamme. Era buio. Brancolai al suo posto, cercando la sua testolina. Più volte le mie braccia si chiusero per stringerla al mio petto che tratteneva il respiro per riprenderlo insieme al suo. Le mie mani anfanavano nel vuoto, poi urtavano nel tavolino, rovesciavano gli ammali, ma non afferravano nulla; i miei piedi cominciavano a pisticciare scheggie sgretolanti; un acre odore di liquido combusto mi troncò il fiato e mi levò fuori dei sensi.

Vidi poi e rivedo ora le larghe spalle di Millo erette presso il lettino sul quale per tre anni e in lunghe veglie mi ero piegata, porgendo prima i miei seni, poi tutto il mio cuore. Vidi poi e rivedo sempre le figure sconosciute che mi circondavano per terra e tardavano a rialzarmi, certo per non farmi vedere. Rivedo le mie mani intrise di sangue e di scheggie; rivedo tutta me stessa, inerte, stupida, irresoluta a guardare e chiedere, che mi stropicciavo disperatamente le mani per conficcarmi le scheggia e ricavarne il dolore capace di soffrire tutta intera la verità dell'atroce sventura. Poi, non so quando, ridestandomi da un sonno di morte, riconobbi Millo curvato sopra di me in atto di estrema misericordia. Non ero più in quella stanza; ma non c'era più nemmeno lui; dunque il campo della lotta e della speranza era abbandonato. Guardai Millo per interrogarlo. La sua pietà non aveva confini. Allora dovetti gridare, perchè questo grido ripetei per più giorni:

- Il fuoco! Espiazione!

Ma Millo mostrava di non resistere a queste parole, mentre io le credevo sempre più la voce del cielo inesorabile nella vendetta.

- Io non ho colpa col fuoco - singhiozzava Millo. - E Bindo, povero Bindo, era anche mio! Perchè la vendetta doveva colpirmi? e perchè i figlioli di Lorenzo non sono già stati colpiti? Vanna, Vanna, o tu smetti questa idea o io mi sopprimo davanti a' tuoi occhi.

Tacqui per sempre, ma il pensiero dell'espiazione ingrandì sempre più nella mia anima, convinto che non altrimenti che per ispirazione del cielo fu scelta la lampada infiammabile nè altrimenti nacque l'alterco che impedì l'aiuto e la salvezza. Mi sentii giustamente condannata e riconobbi nel mio strazio la prima e unica pena. Quella sofferta nel carcere ora mi pareva un casuale infortunio che avrebbe potuto tanto toccarmi quanto essermi risparmiato, secondo la fortuna di un giudizio umano; questa, al contrario, mi appariva necessaria, inevitabile, come legge e volontà divina.

Ero risoluta a non viver più di una condotta comune. Era una vita rovesciata, la mia. Già era stata questa la mia sorte, quando in grazia di un nome e di un segno innocente fui condannata a rappresentare una parte che non era la mia; questa la mia sorte, quando fui vittima nel mio agire da ribelle e servii all'altrui delitto soffrendo intera la pena; questa, quando sposai un uomo mentre avevo amato e amavo (bisogna pure che lo confessi come la mia unica colpa) amavo il suo rivale.

VIII.

La guerra spezzò il mio pensiero fisso. Millo e Lorenzo, arruolati nello stesso distretto, partirono con lo stesso reggimento nel settembre del 1915.

Non pensate che io voglia affliggervi con una cronaca di guerra. Ho scivolato sul tema del matrimonio; farò altrettanto su questo. Son due temi che si assomigliano per ragione di lotta, disciplina, sacrificii, eroismi, e riguardano ugualmente un fatto organizzato, nel quale le virtù prendono vantaggio e scapito dall'organizzazione. I condannati alla pena non sanno riconciliarsi coi fatti più perfetti della società. Quando mio marito partì non faticai a convincerlo a non lasciarmi sola con la mia angoscia, accresciuta dall'ansia pe' suoi cimenti, ma a permettermi di prendere l'abito di Piccola Suora dei Poveri. Suor Teresa aiutò anche questo mio desiderio.

Confesso che nel nuovo stato non portavo con me una piena fede. Credevo fin troppo nella vendetta del cielo. Malafede è terrore? Se è speranza, se è amore, ecco io non amavo la patita vendetta, nè speravo in alcuna clemenza, giacchè tutto era finito per me. Eppure avevo bisogno di credere per non disperare, di chiudermi, velarmi alla vista del mondo, che non aveva più un posto per me. L'esempio assestò questo bisogno. Nel carcere avevo veduto suor Teresa e le sue sorelle di fede vivere serene e contente della prigionìa volontaria che si erano scelta. E sì che qualcuna era ancora giovane e di elette forme! Il loro esempio, quando contrastava apertamente con la mia condizione adirata, non mi invogliava affatto a imitarlo; ora sì, ora che sentivo il bisogno di ritornare nell'ombra come per richiamo del destino, di chiudermi un'altra volta per rifarmi del forzato sacrificio sofferto con la scelta di un libero e volontario sacrifizio eguale.

Su la fine del 1916 ricevetti da Millo una lettera a matita, piena d'orrore. Pareva l'avesse scritta tornando da un lungo misterioso viaggio in un mondo perso, dove avesse lasciato la ragione. Ma dalle frasi tronche si ricavava che era reduce da uno sbalzo sanguinoso. Diceva di scrivermi alla luce della luna, che rivelava il campo tutto coperto di morti in posizione supina e con gli occhi fissi al cielo. Per la prima volta nominava Lorenzo e raccontava che lo aveva veduto cadere ferito e lo aveva raccolto e trasportato sulle sue spalle in un posto di medicazione. Soggiungeva che il ferito gli aveva chiesto perdono per me e per lui. - Per i miei figlioli che raccomando a Dio prima della mia anima - gli aveva detto - ti giuro che spero nel loro bene per via del vostro perdono. Fammi perdonare da Vanna. Tu hai imparato da lei la generosità. Non pentirti di avermela accordata in quest'ultimo momento. Io la porto con me in eterno. - Poi i suoi occhi si erano contratti in alto e d'obliquo, scriveva Millo, avevano guardato lontano lontano e si erano spenti. Avevano guardato lontano lontano, io pensai, certo in fondo al viale alberato del paese, dove si smarrì la nostra opera di vita.

Il sentimento che provai a questa notizia era di distacco più che di dolore nuovo; assomigliava a quello di chi vede portar via dalla soglia la persona diletta, già pianta alla sua morte. Per me l'intervallo dalla morte di Lorenzo nella mia anima a questo suo ultimo distacco era stato lungo e però mi faceva provare più profonda la distanza tra i due sentimenti penosi. Il perdono chiesto a Millo mi commoveva e consolava; quello domandato per me rimbalzava alla durezza dell'ultimo ricordo. Disse a Millo: fammi perdonare da Vanna; ma non una di queste parole, non quella sola di Vanna aveva proferito su la soglia della sua casa nell'occasione del nostro incontro. Ora mi sentivo come affrancata da un vincolo che era stato intrattabile ma seducente, sfuggevole ma sempre pronto a invilupparmi in ogni nuovo passo; mi sentivo affrancata ma sempre più vuota e sola, perchè aveva finito di abbattermi e di suscitarmi il mio unico destino.

Restava il pensiero della sorte di Millo. Ma questo era confuso e incerto tra il sentimento di benevolenza e di gratitudine per lui e la mia stima attuale della vita, non potendo considerare la sua se non in relazione alla mia. E come potevo augurargli la vita, se non sapevo aiutarlo a sostenerla con me? se anzi avrei dovuto chiedergli di staccarla dalla mia persona perchè di questa potessi fare olocausto della sua salvezza? Se Bindo fosse vissuto, allora avrei considerato la sorte del padre naturalmente legata a quella dell'innocente; ma la reliquia delle sue ceneri, che tenevo sempre appesa al collo, mi ricordava che portavo con me le ceneri dell'umanità.

IX.

Per un anno, dalla fine del 1916, non ricevetti più notizie di Millo. Quelle che mi mandavano dal paese su la sorte del suo reggimento erano infauste. Si dava per certo che in massima parte, essendosi novamente impegnato poco dopo lo sbalzo sanguinoso che sacrificò Lorenzo, era stato distrutto, e solo in piccolissima misura fatto prigioniero. Ma ormai non tornava più un commilitone dalla prigionia.

Passò un altro anno; di Millo silenzio.

In tanto tempo non ho scritto una parola su la mia giornata, sebbene più confessabile di quelle che ho descritte per mio sfogo. Vuol dire che c'è una soddisfazione a scrivere le sole cose che non si esauriscono nella parola ma vi ritrovano uno spazio per contraddirsi, consolarsi, confondersi con le speranze e le ultime illusioni. Chi ha finito tutto non ha da fare il bilancio tra il dare e l'avere col destino e lo chiude per sempre.

Io chiudo il mio col notare che Millo, il generoso Millo, che si addossò sulle spalle il rivale incendiario, che vi si era addossato la complice amante, che l'aveva assunta nuova e onorata tra le genti e santificata con la maternità dolorosa, non contava più tra i vivi.

X.

Ora sono tranquilla. Porto definitivamente l'abito grigio e le candide ali delle Piccole Suore dei Poveri e sono ancora destinata a un ospizio di vecchi cadenti. Nell'opera quotidiana di benevolenza senza benefizio ritrovo la fede, che è la ragione di bene operare con la sola umana ragione di bene meritare.

Io mi sento al mio posto, a contatto della vita che inaridisce e non fermenta nel lievito di passione e di desiderii. La consuetudine con uomini spogli della pronta arroganza e della segreta riserva sessuale, che conquide la donna, mi emancipa dalla soggezione femminile e da ogni imbarazzo. Quando curo i miei vecchi, li lavo, li vesto, li adagio sul letto che anticipa la bara, ripenso all'uomo che già riguardai come il dio irresistibile della favola, con l'arco teso e il turcasso pieno di freccie roventi, e ora lo considero come una macchina smontata de' suoi futili congegni, già animati e mossi da una semplice forza di calore.

Ho trentacinqu'anni, sebbene mi si creda giovane e ancora procace. Dico la verità: mi sento vendicata, perchè ho conquistato il raro invidiabile segreto di soprastare alla condizione supina e recettiva della donna, destinata a far da macero a quella forza brutale. Ho spogliato l'idolo virile e scoperto il suo ridicolo fusto. E quando passo per le strade con gli occhi bassi e più di uno sciocco vagheggiatore loda le mie ciglia dense e nere, provo più forte la soddisfazione di non aver più nulla da lodare nè desiderare nell'uomo.

FURTO D'AMORE.

Sotto questo titolo i giornali della città pubblicavano:

- Domani, al nostro tribunale, si svolgerà un processo piccantissimo, quale non ci aveva mai offerto la ricca varietà dell'Amore in Tribunale. Il giovane contadino Ugo Sollazzi, del Pian dei Giullari, è accusato di furto di energia genetica. Ai tempi classici del Diritto non si ammetteva il furto su cose non materiali e apprensibili; ma il genio inventore ha spinto a forza anche il Diritto penale sulla via del progresso e gli ha fatto ammettere il furto di acqua, di gas, di elettricità, di tutte le energie dell'attività civile. Ma l'energia che si connette col caso Sollazzi è una vera curiosità giuridica, ci diceva un magistrato senza poterci informare d'altro. Forse il dibattimento si svolgerà a porte chiuse; ma noi non mancheremo di darne largo ragguaglio ai nostri lettori..

Di buon'ora la sudicia sala del tribunale era stipata di pubblico. Tutti i cronisti della città si disputavano un posto. Non mancavano i corrispondenti delle isole, giornalisti e grammatici onorarii, disertori di uffici e di negozii in quel giorno. Nè mancavano giovani e vecchie signore, che si scusavano delle acconciature mattinali affrettate per la premura di non perdere una singolare occasione di studio. Il giovane contadino era segno della curiosità e simpatia generale.

Fu gran gioia il sapere che il processo si faceva a porte aperte. Ma fu gioia breve, che voltò nella delusione e nel dispetto, quando il presidente prese a spiegare il capo d'accusa e contestò al giudicabile come fosse chiamato a rispondere di furto di energia genetica per aver condotto le sue mucche al toro del bifolco vicino senza chiedergli il consenso nè pagargli i suoi diritti.

Sfollaron tutti con una strana espressione di vergogna sul viso, che era quella di esser pùnti nel pudore col non esserne offesi.

E nessuno rivolse più uno sguardo di curiosità e di simpatia al giovane contadino.

IL BARBAZZALE DELLO ZIO.

Lo zio Cosimo ingrassava a vista d'occhio. E la misura delle sue crescenti dimensioni gli era data da una catena a barbazzale, che ormai non penzolava più tra l'occhiello e il taschino del panciotto, poi divenne tesa, finalmente non bastava più.

Voleva chiamare il medico per consiglio, non giovandogli l'uso dell'aceto e del sapone ingerito; ma il nipote, un sottotenente dei bersaglieri dal naso torto, che faceva vita con lui, gli diceva:

- Perchè crepi di salute vuoi farti strologare dal medico!

E gli batteva forte, in atto di felicitazione, sull'ampia ventraia, mettendola tutta a soqquadro.

Un giorno lo zio Cosimo passava di sul Ponte Vecchio. La vista delle antiche botteghe degli orafi fiorentini, allineate su' due fianchi del ponte, gli sollecitò la voglia di acquistare una nuova catena, ormai diventata necessaria. Si indugiava a guardare davanti alle mostre scintillanti d'oro e di diamanti e di rubini, quando la sua attenzione si fissò sopra un ciondolo sposato a una medaglia. Era un barbazzale di dieci o undici maglie sole, perfettamente uguale nel disegno al suo. Entrò, ammiccò il ciondolo, ne domandò il prezzo.

- È oro di zecca, un barbazzale antico, una medaglia autentica, duecento lire - disse l'orafo.

- Ma io farei a meno della medaglia autentica - osservò lo zio Cosino - perchè vorrei allungare questa catena, che è proprio uguale. Come ha avuto la sua?

Alla vista di quel mozzicone il mercante fu colpito da una brusca rivelazione e credette prudente di non deviarla con la risposta.

- Da due mesi, fino a sette o otto giorni fa.

- Fino a sette o otto giorni fa? Come sarebbe a dire?

- Ecco, è venuto qui da due mesi, circa una volta la settimana, a offrirmi una maglia per volta, un giovane dall'aspetto rassicurante. Io gliel'ho pagata dieci lire l'una. Poi, non volendo comprarne più, ho riunito quelle acquistate e ne ho fatto questo oggetto.

- Un giovane.... - cominciava a balbettare lo zio Cosimo.

E l'orafo:

- Un sottotenente dei bersaglieri col naso torto.

MASTRO GORGIA.

Nella stanza di mastro Gorgia ucciso fu rinvenuto un foglio, sul quale era scritto di suo pugno:

"Se son trovato morto nella cisterna mi ci ha buttato Fiore di Gisberto calzolaio.

"Se son trovato nel Tonfo in piena m'ha affogato Berlindo delle Cave.

"Se moro avvelenato è stata quel sudiciume di mia moglie.

"Se sono ammazzato di stiletto è stato il mio figliolo Gisto.

"Se di una fucilata, me l'ha fatta Giangio guardia dell'Uccelliera".

Aveva scritto questa tavola di proscrizione sapendosi destinato a morire senza parlare, in pena dell'odio irreconciliabile che la sua condotta brutale e provocante gli aveva suscitato da parte di quanti dovevano avvicinarlo, primi i figlioli e la moglie. Quella distribuzione dei differenti mezzi di esecuzione gli era stata suggerita da analoghe minaccie che rispettivamente gli erano state fatte.

Mastro Gorgia fu trovato ucciso sulla strada, fuor del paese, con due colpi di fucile.

Sicchè fu subito pensato a Giangio, guardia dell'Uccelliera. Ma costui era partito da due mesi per la guerra, cento miglia lontano. Allora si volle supporre che gli altri designati avessero barattato con lui il mezzo di esecuzione; e si arrestarono tutti.

Ciascuno si difendeva sulla traccia dell'autografo di Gorgia.

- Ma l'han trovato nella cisterna? - osservava Fiore di Gisberto, calzolaio.

- Che forse l'han ripescato nel Tonfo? - obbiettava Berlindo delle Cave.

- Non è mica morto avvelenato! - diceva la vedova allegra e risoluta.

- Io dovevo dargli di stiletto, io - protestava il figliolo.

Un grande imbarazzo era nei consigli della polizia, che questa volta aveva creduto il suo còmpito già risolto dalla stessa vittima del delitto. Finalmente si seppe che mastro Gorgia, da quasi un anno, accarezzava una fanciulla demente, figliola di un cacciatore di mestiere, abitante fuori del paese, nel luogo dove fu trovato morto.

In ogni testamento è sempre dimenticato qualcheduno che era disposto a farci del bene.

IL LIETO EVENTO.

Anche nel travaglio del parto la giovane gestante conservava il perfetto candore della sua carne, che intonava perfettamente a quella del marito presente, un uomo biondo come ottone stropicciato.

I due nati da quella coppia, allontanati ieri da casa con la promessa che la mattina seguente vi avrebbero trovato un fantoccio vivo, portato da una pastora della Sambuca, conservavano, oltre i cinque anni, la bianchezza e le grazie di due Cherubini delle antiche Glorie.

Quando la levatrice, dopo un grido supremo della madre, raccolse il nuovo nato, indugiava a mostrarlo al padre; ma finalmente dovette lasciarglielo vedere.

Ai capelli, alle nari, alle labbra, al colore di tutto il corpiciattolo proporzionato, non era più possibile dubitare; era il più nero e perfetto tipo di un moro.

Il marito fuggì dalla stanza; e alla sorella che fuori della soglia gli domandò "un'altra femmina?" rispose bruscamente: "no". Alla cognata che esclamò a modo di felicitazione "un maschio!" gridò: "neppure". E seguitò la sua corsa fuori di casa.

- Nato morto! - si dissero le due donne. Ma allora allora provenivano dalla stanza nuziale alti vagiti di tale accento pecorino, che parevano belati. Le zie innutte ruppero il riserbo che le aveva trattenute fuori, entrarono e videro. Lo spavento empì tutta la casa.

Furono consultati ginecologi e legulei. Un'azione per disconoscimento di paternità, un'accusa di adulterio, questi erano i prevalenti pareri dei saggi, quando una vecchia donna di casa volle dire il suo. Raccontò che il padrone aveva fatto, alcuni mesi prima, un bel regalo alla moglie nel suo natalizio. Le aveva fatto trovare in camera, quando vi doveva rientrare di sera e sola, una figura di moro in legno e di grandezza naturale: forse un antico torciere chiesastico, convertito in mondano portatore di gioie. E di nuove gioie splendide aveva accompagnato il dono. La gracile donna, entrando nella stanza, ne aveva provato un tale spavento che era caduta in deliquio. Ma al marito aveva celato questo esito infelice della sua premura e gli aveva fatto gran festa fino a tarda sera; anzi diceva la vecchia che un po' di festa era continuata anche la notte.

Allora ginecologi e legulei furono concordi nel giustificare il caso innocente. Il moro, distratto dal suo impassibile e pio incarico di sostener viticci a gloria e luce del Signore, si era intruso nelle oscure intimità degli uomini spandendovi ferace potenza e biechi sospetti.

Perciò fu dato alle fiamme. Se fosse stato di carne, lo avrebbero condannato a pochi giorni di detenzione.

IL QUINTO GIURATO.

I.

Un solo quesito racchiudeva il còmpito dei giudici popolari:

- L'accusato Jacopo Segni è colpevole di avere nella sera del 9 settembre 1912 esploso contro Zobi Pucci due colpi d'arme da fuoco, uno dei quali gli trapassò il cuore e fu causa necessaria della sua morte?

Nella stanza delle deliberazioni, dove i dodici giurati accerchiavano una gran tavola rotonda, si faceva lo spoglio dei voti su questo quesito, che decideva della libertà dell'accusato o della sua gravissima condanna.

Nelle prime due schede era scritto No. Nella terza era segnato un Sì a caratteri di stampa. Nella quarta era scritto 51.

- Qui - osservò il capo dei giurati - parrebbe scritto cinquantuno, ma certo ci si deve leggere Sì.

Il quinto giurato accorse presso di lui e ribattè:

- Perchè ci si deve leggere Sì? Ci dice cinquantuno. La scheda non vale per un voto, dunque sta a favore dell'accusato.

- Ci dice Sì - osservò il secondo. - Il segno che pare un cinque è un'esse.

E qui si accese una lunga disputa, nella quale ciascuno non recava un contributo alla risoluzione ma ne toglieva una parte. Tale è il gioco eterno di ogni operazione logica collettiva. Finalmente l'ultimo giurato, un buon mercante di funi, gridò:

- Ma che esse e non esse! Qui ci dice cinquantuno e ce l'ho scritto io.

- E perchè scrivere cinquantuno? - domandarono due o tre a un tempo.

- L'ho visto scrivere a questo signore qui accanto e io ho voluto fare come lui.

Ma l'undecimo giurato, che gli era accanto, ricercata la sua scheda tra le quattro già spogliate, mostrò come ci avesse scritto un bel Sì a caratteri di stampa. Il buon funaio l'aveva male imitato. Allora prevalse il partito di considerare il cinquantuno come un voto favorevole all'accusato. E dire che il giudice popolare gliene aveva dati cinquanta di più!

Si continuò lo spoglio. In altre due schede era scritto Sì, in un'altra No, in altre due Sì, in un'altra No. Erano cinque voti favorevoli e cinque contrari. Bastava un altro No alla salvezza dell'accusato. Ma nelle ultime due schede era scritto Sì.

Jacopo Segni era condannato a maggioranza di sette voti.

Il quinto giurato, che aveva seguìto quel martellare di monosillabi con espressione analoga di ansia profonda, a questo resultato scattò:

- È un'infamia! E stato condannato un innocente. L'ortolano non ha ammazzato il cantoniere. Nessuna prova ce lo assicura. I sospetti, le presunzioni, gli indizi equivoci non sono prove. Credetelo, signori, avete commesso un errore giudiziario. Bisogna ripararlo; siamo ancora in tempo; si può rifare la votazione.

Da prima la proposta non incontrò contrasto, tanto poco era lucida e salda la coscienza di ciascuno. Pareva che un'aria densa di fatalità movesse e contrariasse là dentro le risoluzioni e ne fosse arbitra unica inesorabile. Ma venne a caso osservato che una nuova votazione non era permessa e allora la proposta parve schiacciarsi contro un ostacolo insuperabile. Nondimeno la discussione si fece più larga, mescolandosi e confondendosi la questione della facoltà di votare novamente e quella della prova. Su questo punto il quinto giurato si mandava a male dagli sforzi per inculcare la sua opinione. Il pover'uomo, giovane sui trent'anni, dall'aspetto non volgare, nervoso, tagliente nel gesto, vestiva un paio di calzoni a dadi e una giacchetta a righe: e questo disegno dell'abito gli conferiva un non so che di inverso, come di un uomo capovolto, che non potesse mai aver ragione. Oltre a ciò si scopriva in fondo alle sue parole brevi e concise una convinzione assoluta, piena, irriducibile, e perciò eccessiva, quasi fosse troppo sua e non partecipasse punto di quella degli altri, come si richiede sempre per essere creduti. L'impeto della perorazione lo gettò di fronte all'undicesimo, per appunto il più intelligente e il più scettico di tutti. Ne venne fuori un dialogo che rinsaldava, non riduceva, le due opposte convinzioni.

- Ma proprio crede anche lei che l'abbia ammazzato lui?

- E chi crede lei che l'abbia ammazzato?

- Io non lo so; certo non l'ortolano.

- Vede vede? Lei è più scettico di me. Quando qualcuno è ucciso e bisogna scoprire l'uccisore, la scoperta è fatta quando si trova un uomo che per certe ragioni può averlo ucciso e non se ne trova un altro che abbia contro di sè le stesse ragioni. Nulla è assoluto in questo mondo.

- E questo perchè l'ortolano ebbe un alterco col cantoniere il giorno del fatto e non si è trovato un altro che abbia avuto contrasto con lui? Ma non si è trovato perchè non si è cercato. E ci vuol tanto a supporre che un uomo possa avere più di un nemico? Anche il cantoniere di un giardino pubblico può averne: invidie, rivalità, questioni di servizio.... Non si è cercato e si dice che non c'è.

- È naturale. Non c'è quel che non si vede.

- Ma pensi, è stato un caso che si siano trovati dei testimoni che furono presenti all'alterco. Se il caso voleva che se ne trovassero altri che attestassero di altri alterchi, di altre inimicizie col cantoniere....

- Potrebbe anch'essere; ma siccome non si son trovati bisogna dire che non ci sono.

- Sicchè tutto è rimesso alla sorte!

- Ma certo. La giustizia, signor mio, sia fatta da noi, sia fatta dai giudici, non s'incarica d'altro che di continuare la fortuna, il dolore, la fatalità del delitto.

Il quinto giurato si chiuse il capo tra le mani. Come si scoprì e si vide a faccia con un soggetto più trattabile, gli chiese:

- Ma, in nome di Dio, non deve valer nulla il fatto che in casa dell'accusato non si è neppur trovata la rivoltella?

Ma quelli, bonariamente:

- Quanto a questo, era meglio gli si fosse trovata, perchè voleva dire che l'accusato non aveva nulla da nascondere.

Intervenne un altro in suo aiuto:

- Preciso! Il male è l'averla nascosta.

Interloquì un altro tra le spalle de' due colleghi:

- E tutte le contradizioni sull'ora del fatto? Prima era all'osteria, poi a casa....

Osservò un altro a distanza:

- Viceversa non si ricordava neppure del numero di casa. Sicchè non ci poteva essere andato.

- Perdio! Eppure una casa ce l'avrà, il povero ortolano, qualunque sia il numero! - gridava il quinto. E alzava ancora più la voce per dire le sue ragioni, quando il capo dei giurati fece atto di sonare il campanello per chiamare la Corte e avvertirla che erano pronti. Allora il quinto saltò tra lui e l'uscio della stanza e gridò con voce di estrema risoluzione:

- Signori, di qui non si esce!

Nessuno reagì. Pareva che là ciascuno delegasse a tutti la sua responsabilità e tutti la rimettessero a ciascuno. Solo il funaro, che in quel fondo collettivo deponeva e cavava meno degli altri, seppe dire:

- Ecco, mi deve arrivare col barroccio del Casentino una partita di canapa e ho bisogno d'andar via. Rimangano lor signori, rimangano pure. Il capo, soddisfatto di questo spunto per rompere il silenzio, osservò che non era possibile uscire, meno che tutti insieme. Il quinto giurato, ricominciò:

- In nome di Dio, dei vostri figlioli, per la pace delle vostre case, per la salute delle anime vostre, non uscite, votate di nuovo. Un uomo è condannato nel meglio della vita per un voto; basta un Sì di meno perchè, anche a parità di voti, sia salvo. Ora io domando se non c'è neppure uno di voi, tra quelli che han votato contro, che non possa pensarci meglio e riconoscere che manca la prova della colpa.

La domanda, a questo punto, era inopportuna e anche ingenua; eppure nessuno protestò. In quell'istante soffiava nell'aria un alito di favore o almeno di bonaccia. Allora il quinto prese a interrogare ad uno ad uno, come nulla fosse stato:

- Dica lei, dica, dov'è la prova?

Bastò che al primo interrogato venisse fatto di dire di aver votato No, perchè tutti rispondessero allo stesso modo, tranne due. L'undecimo disse che aveva votato Sì e non si rimoveva; l'ultimo protestò:

- Ho detto cinquantuno; nè uno più nè uno meno.

- Ma perdio! - fece il quinto - non vi accorgete che avete condannato un uomo senza volerlo? Con le risposte che mi avete date l'avete assolto tutti, meno uno. E potete mantenere una condanna che non avete voluta? Su, bravi, abbiate pazienza; votate di nuovo; son pochi momenti che sacrificate al vostro dovere; tornate a casa tranquilli; votate di nuovo.

E si dette a porgere a ciascuno una scheda. Bastò che uno si mettesse a scrivere, perchè anche gli altri non si rifiutassero di scrivere un'altra volta il voto. Fattosi lo spoglio delle schede, resultò che i Sì non eran più sette, ma otto. Il quinto fu per dar di fuori, ma si contenne per raccogliere tutta la forza che gli rimaneva e dire:

- L'ultima parola! Sicchè avete deciso di condannare?

L'undecimo si affrettò a osservare, tra stanco e irritato, che avevano già deciso due volte.

- Tutti? - riprese il quinto.

- Tutti! - rispose un coro scordato.

- Anche quei cinque che hanno assolto la prima volta?

- Sì - gridò il coro, alzando tono.

- Anche quei quattro che hanno assolto la seconda?

- Tutti! - fu gridato a gran voce.

Allora il quinto, con una voce che pareva di dodici anime, e come incominciasse un argomento nuovo:

- Ebbene, Jacopo Segni non ha ammazzato Zobi Pucci.

- Sì! - rintronò la stanza. Allora il quinto giurato:

- No, anime perse, l'ho ammazzato io.

Come undici marmotte si riscotono al tonfo della pina che cade a picco nella putrida fossa stagnante e si ripongono nel folto dell'erba, così tutti quegli uomini attoniti si ridussero d'un salto nel fondo della stanza, riscossi dal colpo inaspettato. L'accento dell'omicida rivelato era tale, così tragico il suo atteggiamento, che non era possibile dubitare. E rimasero ammucchiati in silenzio, lasciando isolato l'omicida. Il funaro si abbottonò la giacchetta.

- Ebbene - ricominciò dopo breve pausa e in tono di sfida il giudice fattosi giudicabile - decidete.

- E come?... - domandò timidamente il capo.

- Non son io che debbo insegnarvelo. Potrei suggerirvi di mutare il verdetto e negare intanto la responsabilità dell'accusato per darmi modo di prendere il suo posto. Ma non volete così?... Non lo volete?... Preferite che l'innocente debba ancora soffrire per voi?... Ebbene, ricada l'iniquità su di voi e dei vostri figlioli. Chiamate la Corte; mi metterò nelle sue mani.

- Sì sì, la Corte! - gridaron tutti, come sollevati da un gran peso che li opprimeva compatti. E fu sonato il campanello.

- La Corte! - fu ripetuto all'ufficiale giudiziario quando aperse di fuori l'uscio chiuso a chiave. - Vogliamo la Corte per schiarimenti.

II.

Apparve nella stanza il presidente, poi il pubblico accusatore, che aveva giurato su' suoi cordoni dorati per la certezza dell'accusa infallibile, poi il difensore, poi il cancelliere.

- Qui - cominciò a dire il capo cercando a stento le parole - succede un fatto strano. Avevamo risposto a maggioranza Sì, al quesito della responsabilità dell'accusato, quando uno di noi ha dichiarato che l'omicidio l'aveva fatto lui.

I quattro sopravvenuti guardarono l'uomo isolato, guardarono gli altri in massa, si guardarono tra loro. Poi il presidente disse:

- Come è possibile?

- Possibile? - rispose il quinto giurato, trovandosi quasi a fianco del presidente. - È vero. Sono io che ho ucciso il cantoniere Pucci. L'accusato è innocente.

- Lei, signor.... - domandò il presidente cercando nella memoria il nome.

- Domenico Scarpelli - soggiunse il cancelliere consultando le carte che aveva seco. - Non è questo il mio nome - riprese il quinto giurato. - Mi chiamo Celso Vivaldi. Quando s'iniziò il processo contro l'innocente avrei voluto prendere il suo posto, ma me lo impedì una ragione potente che non era il calcolo dell'impunità. Seguii le vicende del processo, e, come seppi che si faceva questo giudizio, riscontrai nelle liste pubbliche i nomi dei giurati estratti per questa quindicina, e riuscii a farmi consegnare la cedola destinata al giurato Domenico Scarpelli dimorante in paese lontano, qualificandomi col suo nome. E sotto il suo nome venni qui e sperai di essere, come fui, sorteggiato fra i giudici. Il resto a voi, signori.

Il presidente, sorpreso dalla novità del caso, abbozzò una breve inchiesta su due piedi:

- Che relazione aveva lei coll'ucciso?

- Lo vidi per la prima volta la sera del 9 settembre.

- E perchè l'uccise?

- Per necessità di difendermi dalla sua violenza a mano armata.

- Ha testimoni per provare il suo asserto?

- Una sola testimone.

Questa risposta parve a tutti una rivelazione, anche ai giurati, i quali si dettero a sussurrare tra loro: - una donna.... in un giardino pubblico a sera tarda.... è chiaro che il cantoniere li sorprese.... e tentò un ricatto.... e lui reagì.... Che c'entrava l'ortolano?... e per un semplice alterco che avrebbe avuto qualche ora prima?... Quello è innocente.... innocentissimo.

Intanto il presidente domandava:

- Il nome della testimone?

- Non posso rivelarlo - rispondeva con sincera dignità il Vivaldi.

- Male! - uscì fuori a dire il pubblico accusatore. - A questo modo un giudice che voglia liberare un accusato non ha da far altro che dichiararsi colpevole del fatto, lui.

Con maggiore serenità il presidente si fece a svolgere questo medesimo concetto e pose al Vivaldi un dilemma inesorabile: rimanendo nell'ombra l'unica testimone del fatto non si crederebbe alla nuda rivelazione e rimarrebbe condannato l'innocente, oppure, credendosi alla rivelazione, si condannerebbe il rivelatore senza la prova della giustificazione del fatto. Ma fu vana riflessione, che il Vivaldi ripetè:

- Non posso indicare la testimone.

Allora i dettami del rito giudiziario, che han per ufficio di comprimere e non risolvere le difficoltà, rinchiusero la questione in una schermaglia di mestiere. Il difensore diceva:

- Intanto io chiedo sia messo fuori di causa l'accusato e sia rilasciato subito in libertà.

- No davvero - rimbeccava l'accusatore. - È stato votato il verdetto e deve essere pubblicato. Poi, se resulteranno fatti gravi e provati per una revisione, si provvederà a suo tempo.

- Ma c'è il fatto - ribatteva l'avvocato - che un giurato ha preso il posto di un altro; e questo fatto rende nullo fin d'ora il giudizio.

- Ma anche questa - replicava l'accusatore - è una semplice affermazione del giurato. E se non basta la sola parola per credere alla sua confessione, non può nemmeno bastare per provare la sua sostituzione. Le nullità e le altre ragioni saranno fatte valere a tempo e luogo. Non può essere rimesso all'arbitrio di nessuno troncare a questo punto il giudizio, che è esaurito.

Il presidente dichiarò che non rimaneva se non andare in udienza per pubblicare il verdetto e applicare la pena.

Non erano state accordate le circostanze attenuanti, nessuno avendo pensato a votarle. Jacopo Segni fu condannato a diciotto anni di reclusione.

Il condannato non seppe dire una parola. Si passò una mano sui capelli, guardò verso la giurìa, poi nel vuoto, come cercasse lontano una ragione e un rimedio di quanto gli accadeva. Finalmente contrasse la bocca a un sorriso di inconsapevole ironia verso la matta umanità.

Il quinto giurato, dritto sul suo scanno e bianco in viso, ma sicuro nella voce, gridò tra la commozione del pubblico, già informato dello strano avvenimento:

- Il condannato è innocente. Giuro che non sconterà la pena. Fosse dieci volte più dura quella che mi aspetta, l'innocente sarà salvo. E coloro che lo condannarono pretendendo far giustizia dovranno riconoscere a loro vergogna che uno solo fra i giudici dell'omicidio fu giusto. E fu l'omicida.

III.

I giornali della sera spacciavano per tutta la città il clamoroso fatto del giorno: un giudice che si confessa reo del delitto che doveva giudicare: emozionante romanzo vero: imminenti rivelazioni. Voci strillanti si succedevano per le vie e nei remoti viali, rompendo il silenzio dell'ora tranquilla e diffondendo per ogni angolo un ansioso risveglio.

In uno di questi angoli, dentro una casetta nuova, tutta aggraziata nel colmo della fortuna domestica, penetrarono quelle voci e attraversarono il cuore di una donna. Elena non era sola; dormivano poco lontani due amori, i suoi concepiti amori; sedeva con lei la più assidua amica, ch'ella aveva chiamata fin dalle prime ore della sera. Ma l'intima amicizia non era bastata a farle confidare la ragione della sua inquietudine grande e invincibile, che la faceva andare e tornare dalle finestre e parlare tra sè. Quando quelle voci si fecero chiare in ogni parola ascoltata in silenzio, l'amica si precipitò per chiamare il clamoroso banditore, ma Elena la trattenne, poi si pentì e la incitò ad andare, ancora la trattenne, di nuovo si affrettò con lei alla porta, quando questa fu aperta di fuori ed entrò il marito di Elena.

Quell'uomo agitava un giornale come un gagliardetto glorioso e si vantava di essere tornato indietro per portare quel vessillo di carta appena conquistato. La moglie lo guardava per non essere veduta e faceva sforzi prodigiosi per contenersi. Il pretesto di andare a verificare il sonno degli innocenti, minacciato dall'improvviso clamore, le dava lena a dissimulare. Alberto, il marito soddisfatto, stentava le parole nel preludere al gaio racconto; finalmente cominciò:

- Vi ricordate che nel settembre fu ammazzato quel cantoniere del giardino?... Bene, oggi si faceva all'assise il processo contro un ortolano accusato di averlo ammazzato.

Anna, l'amica, mostrò di esserne informata; anche Elena lasciò credere di aver letto qualche cosa nella cronaca in passato.

Alberto continuò:

- Stasera il processo è terminato. Ma sentite in che modo. Il fatto è da sbalordire. E sapete chi c'entra? Dunque si faceva il processo; l'accusato negava; ma pochi indizii e la mancanza di un'altra spiegazione dell'omicidio ha fatto precipitare il giudizio. I giurati, ritirati per decidere, avevano condannato l'ortolano, quand'ecco uno di loro.... Sapete chi?... Dite chi....

Anna e anche Elena dissero di non sapere indovinare. Allora Alberto sbottò:

- Il Vivaldi, quella buona lana del Vivaldi, l'umanitario galante, che avrebbe continuato tanto volentieri a bazzicare questa casa.... per rallegrare l'umanità.... se non l'avessi messo alla porta. Avevo ragione?

- Ma che ha fatto? - domandò Anna. Elena lo aveva domandato con gli occhi e l'ansia del suo cuore già dieci volte.

- Una delle sue. Ha fatto l'umanitario.... Ma questa volta la paga cara. Si è messo a gridare che l'ortolano era innocente e che il cantoniere.... indovinatelo voi.... ditelo voi....

- Su, lo dica lei - fece Anna.

Allora Alberto, respirando largo:

- L'aveva ammazzato lui.

Elena non potè trovare sfogo nè freno alla sua emozione se non domandando:

- E perchè?

- Perchè l'aveva sorpreso nel giardino, di sera, in stretto colloquio con una donna.

- Ma questa - osservò Anna - non è una ragione per ammazzare; se mai.... per essere ammazzato.

- Lo dico anch'io - gridò Alberto. - Eppure ecco qui.... - E si dette a scorrere il giornale. - Dunque.... - Emozionante romanzo vero.... - Oh! Oh!... - Ma procediamo con ordine.... Interrogato il quinto giurato signor Celso Vivaldi, che arbitrariamente si era fatto consegnare l'invito per il signor Domenico Scarpelli e si era presentato con questo nome fra i giurati, interrogato perchè avesse ucciso il cantoniere, ha risposto che fu costretto a far uso della sua rivoltella....

Qui si interruppe con un commento appassionato:

- Non è vero nulla; non che abbia ammazzato il cantoniere, ma che sia stato costretto da lui a metter mano all'arme. Io non ce l'avevo nemmeno, la rivoltella, quando lui la levò contro di me, che lo mettevo gentilmente alla porta. Altro che costretto!... È un prepotente, che punta la rivoltella contro chi sostiene le sue ragioni, come fece con me.

Anna intervenne:

- Andiamo, via! Acqua passata! Ma chi è la donna?

Elena stentava il respiro nell'indugio di Alberto, che aveva ripreso a leggere a sbalzi:

- L'imparziale magistrato che presiede la nostra Corte ha chiesto al signor Vivaldi se si fosse trovato presente al fatto qualche testimone. Il Vivaldi ha risposto: una testimone. Una donna!... penseranno subito le nostre amabili lettrici. Eh sì! Il signor Vivaldi, un uomo ancor giovane, dai tratti simpatici e vivaci, ha risposto che era con lui una donna, ma....

Alberto si interruppe di nuovo per osservare:

- Sentite ora lo spaccone, il cavaliere da strapazzo:

- Ma non ha voluto nominarla a nessun costo. È evidente che sotto questo nobilissimo riserbo si nasconde una piccante avventura d'amore; un romanzo passionale a base di adulterio, e che vi è di mezzo una dolce e gentile creatura, trascinata nel baratro da una veemente passione.

Alberto commentò:

- Frasi da giornali!... Tratti simpatici e vivaci!... Dolce e gentile creatura!... Quella era certo una donna di strada. La moglie di un uomo per bene non va in un giardino pubblico a quell'ora. Forse era l'amante di un soggetto da far paura. Il cantoniere li ha visti; il signor Vivaldi non voleva essere scoperto, per via di quel soggetto; l'altro ha insistito e lui ha tirato. Tutto il guaio è del povero ortolano, che è stato condannato.

- Condannato? - domandarono le due donne.

- A diciott'anni.

Anna scattò per l'idea dell'ingiustizia consumata; Elena si fece in mille per il presentimento della sventura maggiore.

Ma suo marito aveva fretta di ritornare nel centro e non guardò al suo aspetto angoscioso. Anzi le consegnò il giornale come un dono gradito, salutò l'amica e uscì.

IV.

Elena si buttò nelle braccia di Anna senza parlare. Nell'accogliere quel corpo delicatissimo, che traspirava tutta la vitalità calda delle forme, l'amica si accorse che l'angoscia martellava le vene e il cuore. Elena era veramente una creatura dolce e delicata, dalla persona breve, flessuosa, armonizzante con tutte le espressioni della sua anima tenue, confidente, impulsiva. A ventiquattr'anni non si sarebbe creduta madre nemmeno in mezzo a' suoi figlioli.

Anna durò fatica a levarle di bocca, tra le carezze e le esortazioni, queste parole:

- Alberto non crede che possa essere una moglie....

Allora Anna capì tutto e cominciò a trattare con l'infelice gli aspetti e le conseguenze del gravissimo caso. Il punto tragico era per Elena uscire dall'ombra, disonorare il suo nome, provocare il marito, perdere i figlioli, non potendosi salvare l'innocente senza la sua testimonianza, nè potendo, lui salvo, scagionare l'amico. Anna faceva tutte le ipotesi, Elena le disfaceva a una a una. Riassumendo la verità del fatto per confermare la necessità di testimoniarlo, raccontava:

- Noi sedevamo in fondo al giardino.... Era tardi.... Non volevo trascinarmi a quel passo, ma ero folle, e cedei. Alberto aveva sospettato di lui e lo aveva cacciato. Dunque eravamo seduti, quando ecco presentarsi il cantoniere del giardino e gridare: li ho sorpresi. Sorpresi?... Poteva dire così?... Ma era chiaro il gioco. E qui è la prima ragione del Vivaldi. Ma se non si prova tutto questo, come si giustifica la reazione?

- E allora sparò - proseguì Anna.

- Ah no! Osservammo a quello sciagurato che non era giusto il suo rigore, giacchè voleva portarci con sè.... non so dove.... fuori di quel buio.... alla luce di un ufficio pubblico.... del mondo.... Pregammo, promettemmo; tutto fu inutile. Allora il Vivaldi, vistosi afferrare, si mise in rivolta. Vidi che il cantoniere cavò la rivoltella.... L'altro la sua.... ma dopo di lui, che puntava l'arme e minacciava di sparare. Poi sentii un colpo.... Io abbracciai Celso, credendolo ferito; invece cadde il cantoniere. Fuggimmo, ci rivolgemmo indietro a distanza. Il disgraziato non si rialzò più.

Anna si mostrava esterrefatta e sgomenta. Più che suggerire all'amica una risoluzione, la chiedeva a lei, che diceva di non vederne altra, se non la sua esibizione. Soggiungeva che aspettava ordini da lui.

In quella entrava impaurita la cameriera e diceva che battevano alla porta invece di sonare il campanello. Elena la rimandò persuadendola a non curarsene; poi, ansante e convulsa, disse all'amica che quello era il segnale convenuto. Uscì dalla stanza, ma poco dopo rientrò smarrita dicendo che era alla porta una donna. Fu breve e rapido il contrasto, finchè prevalse il partito di farla entrare. Anna stessa andò con Elena a riaprire la porta.

Entrò, premendo la sua agile persona allo stipite e snodandola per lungo, una giovane donna, modestamente vestita, all'ultima maniera, esile, bianca, avvenente. Disse che doveva parlare a sola colla signora di casa; ma questa protestò di non aver nulla da nascondere a nessuno, tanto meno all'amica, d'altronde così intima che avrebbe subito risaputo qualunque inezia. E la introdusse, seguìta da Anna.

La giovane donna dichiarò il suo nome, Livia, e anche il cognome. Ma l'uno e l'altro era ignoto alle due signore. Soggiunse essere maestra del Comune e vivere con la madre, vedova di un illustre professore. Ma anche quello era ignoto. Poi, rivolgendosi a Elena:

- Mi manda il signor Vivaldi. Lei sa che oggi si è confessato pubblicamente di un fatto doloroso....

- Lo abbiamo letto ora - interruppe Anna accennando al giornale.

- Ma lei - domandò Elena - che relazione ha con quel signore, per essere mandata qui da lui?

- Sono sua fidanzata.

- Sua fidanzata? - proruppe Elena.

- E perchè non dovrei essere creduta?

- Perchè, a quel che si legge, pare che fosse fidanzato con un'altra.

- Lei vorrebbe dire quella del giardino?... Ma quella donna ero io.

Elena balzò in piedi:

- Era lei?... Signorina, io non credo alla storia che ci racconta, nè a una qualunque ragione di venire a raccontarla qui. Io de' suoi affari non mi occupo. Non so per chi venga, nè che voglia. Lei recita una parte incredibile, misteriosa, maligna; ha capito?

Livia, mortificata e già in piedi, stava per sottrarsi all'ira che divampava dagli occhi e tremava in tutta la persona della signora di casa. Ma Anna la trattenne con composta curiosità:

- Davvero è strano; ma dunque dica perchè è qui.

- Per dire che quando mi presenterò, per offrirmi testimone del fatto....

Elena la interruppe:

- Lei si presenterà a testimoniare così?

- Sì, io.

- Lei, maestra di scuola?...

- Io sono libera di me, perfettamente libera. I miei scolari avranno un'altra maestra; e non sono miei figlioli.... Intanto, nel confessare la mia unica colpa di fidanzata impaziente, darò a loro, a tutti, una santa lezione della più pura virtù del sacrifizio a salvezza d'un innocente, e non di uno solo!

- E tutto questo d'accordo con lui?

- Tutto è concordato tra noi.

Anna intervenne presso Elena con studiata dolcezza:

- Ma lascia che dica finalmente come c'entri tu in questo.

- Dicevo che quando mi rivelerò, bisogna che a nessuno venga in mente di intralciare l'opera mia.

Anna:

- Crede che a qualcuno possa venire in mente?

- Non so.... Il Vivaldi non alluderà certo alla signora.... ma a persona che lei conosce bene e che può riuscire a persuadere.... Insomma mi ha mandato con una lettera per la signora.

E trasse una lettera. Elena, nell'adocchiare quella scrittura e nel rifiutare di prenderla, si sentì disarmata dei dubbi e dei sospetti su quella donna e la verità dell'incarico. Si sentì anche seriamente imbarazzata nel sostenere il rifiuto. Tuttavia tentò:

- Ma se quel signore avesse diritto di scrivermi, perchè avrebbe incaricato lei?...

- Perchè con la mia presenza confermassi la verità di quel che scrive e poi perchè non ha creduto prudente nè utile venire da sè.

E porse la lettera alla signora. La dignità di respingerla venne a transazione col bisogno di riceverla. Elena prese la lettera con gesto scaltramente sdegnoso e la gettò lontano da sè. Fu come lanciare un aerostato frenato, che rimaneva a sua portata di mano. La fanciulla si inchinò sorridendo di quest'atto e uscì.

Elena tirò la corda dell'aerostato, lo svotò dell'orgoglio che l'aveva enfiato e lesse.

Scriveva il Vivaldi che da lungo tempo aveva promesso la sua fede alla buona fanciulla. "Nel colmo della nostra passione" soggiungeva "sciolsi la promessa e fui sincero. Certo non fui con lei generoso. Oggi ho rinnovato la promessa e sarò generoso con te. Mi unirò con lei in prigione, se domani sarò arrestato, e il vincolo legittimo redimerà il disonore che cade su di lei, intanto che sarà risparmiato il tuo e quello della tua casa. Sono per essere interrogato, e so già, per esperienza fatta oggi, che non sarei creduto se non presentassi una testimone del fatto, e l'innocente non sarebbe salvo. Se lui sarà liberato, forse io dovrò prendere a lungo il suo posto. Non importa. La mia sposa è pronta al doppio sacrifizio. Io la mando a te perchè tu creda al nostro disegno e non ti venga fatto di turbarlo. Per amor di Dio e de' tuoi figlioli, non ti tradire con parole incaute o atti folli. Metteresti lo scompiglio nella nostra opera di sacro dovere e ci trascineresti nella tua stessa rovina. Ti giuro che di fronte alla tua rassegnazione io considererò la mia sposa non più fortunata di te, nè più generosa.

Elena era fuori di sè. Nelle sue mani il piccolo aerostato si rigonfiava dalla passione mortificata, e saliva a sbalzi a ogni colpo di vento, qual'era la notizia dell'antica promessa alla fanciulla e il proposito delle nozze imminenti, si perdeva nelle nuvole dense di tempesta all'idea del sacrifizio assunto, che non valeva il suo. Per lei che non lo aveva chiesto, se pure avrebbe dovuto desiderarlo, quel sacrifizio era un'usurpazione violenta, in grazia del quale la fanciulla prendeva il suo posto. A' suoi occhi abbagliati non era il posto del disonore, ma della gioia invidiabile di legare la propria sorte a quella dell'uomo ardentemente amato, fosse pure sorte infelice, della gioia di assumere l'epilogo dell'audace avventura, che apparteneva a lei, nel nuovo aspetto eroico, onorevole, che purificava lo stesso disonore. Ella vi scorgeva la propria salvezza; ma questa considerazione fugace, ricorrente solo al pensiero dei figlioli, levava al colmo la sua esaltazione, togliendole il diritto di condannare la generosità e di rifiutarla. Era gelosa dello scandalo che la salvava. Tutto ciò pareva pazzia, ma era amore.

Anna si affannava a richiamarla alla ragione: tanto era fuor di strada.

- Insomma - concludeva - accetta il sacrifizio o rinunzia ai tuoi figlioli.

- Ma sì, io l'ho chiesto, l'ho implorato in ginocchio per loro, fino a un momento fa, un sacrifizio, ma non questo. La vista di quella donna, la sua parola, la sua fortuna legata in tutto e per tutto a quella di lui, mi ha fatta disperata più di prima. Dovrei accettare la salvezza da lei, perchè se ne faccia un titolo di merito e di eterna riconoscenza con lui? E io stessa dovrei offrirle questo titolo? Cederle il mio posto? Ah no! Non renunzio.

- Non renunzi? ma sai a che cosa?

- Alla verità che è mia, alla colpa che è mia, tutta mia; a lui, intendi?

- Sicchè penseresti di venir fuori e smentire la sua rivelazione?

- Lo penso? Sono risoluta.

- Trascineresti lui, l'innocente, la tua casa nella rovina.

- Questo voglio.

- Elena, mi fai ribrezzo. Ti lascio. Non mi importa di ritornar sola.

- Nè a me di rimaner sola. Non sarà giorno e avrò tutto confessato a mio marito, che ha il diritto di conoscere la verità e di vendicarla con mia grande soddisfazione.

VII.

La giustizia è femmina e però ha anche l'istinto del dispetto della propria debolezza. Celso Vivaldi le aveva reso un prezioso servigio correggendo un suo grave deplorevole errore; ella, la debole dea, se ne indispettì e fu ingrata, condannando il generoso esibitore, ad onta della testimonianza di Livia, a sette anni di reclusione, come reo di omicidio consumato per eccesso di difesa.

E dire che doveva ringraziare la sorte se per poco gli fu concessa questa scusa, che scemava grandemente la sua pena! Infatti si riseppe che quattro giurati, i quali avevano votato in favore sul quesito della legittima difesa completa, come furono a votare su quello subordinato, col quale si domandava se l'accusato avesse agito per necessità di respingere da sè una violenza attuale ed ingiusta, ma eccedendo dai limiti imposti dalla necessità, risposero no. E spiegarono questo voto asserendo che secondo loro l'accusato non aveva ecceduto affatto ed aveva agito di piena ragione!

Dopo il giudizio furono celebrate nel carcere le nozze tra Livia e il condannato. Fu un rito lugubre. Era uno dei testimoni il capo delle guardie; l'altro era Jacopo Segni, l'ortolano, tolto da una cella di quel triste ospizio, e prescelto come simbolo significativo e auspicio dell'avvenimento. Egli rimaneva detenuto finchè non si esauriva la formalità di un altro giudizio e di una sentenza che sancisse l'errore della sua condanna. Livia procedette con passo tremante al suggello della sua fede di sposa in quel sepolcro di vivi, dove le anime e i nomi non sono che numeri, dove gli uomini dal ruvido saio bianco e giallo paiono sacchi colmi di miseria, e non sapeva dove posare i suoi occhi senza incontrare un oggetto di dolore.

Quando l'ufficiale dello stato civile, cinta la sciarpa tricolore nello scrittoio del guardiano, pronunziò la formula "la moglie è obbligata ad accompagnare il marito" non seppe resistere alla beffarda ironia della legge ed abbracciò lo sposo. Se non fu il primo amplesso, fu l'ultimo. Ma ella seppe fecondarlo col cogliere in quel momento i frutti benefici del sacrifizio. In quello stesso amplesso, che rendeva puro e sublime l'amore perchè immolato all'altrui bene, susurrò all'orecchio dello sposo:

- Sappilo e ricordalo: è pentita. Il marito offeso le ha assegnato nella casa un angolo di espiazione, e lei fa la buona madre più ora di prima; sì, più ora di prima. Lei stessa è venuta a dirmelo ieri, mostrandomi due angeli e invocando su di loro la ricompensa del nostro dono. E così l'onore e la pace spirano sul capo de' due innocenti. E non vedi qui un altro innocente che piange di tenerezza? Guardala, (e accennava all'ortolana) quest'altra povera vittima, salvata dalla tua generosità. E quale maggiore dolcezza ci può concedere il dolore, che la gioia di tre innocenti?

Infatti, mentre nessuno più parlava per la commozione, l'ortolano fece forza al pianto e alla sintassi, per dire:

- Dovessi fare millanta miglia a piedi, con rispetto, dovessi dare per strada negli assassini, andrò a Roma, mi presenterò laggiù dove si fanno le grazie, e dirò che mi hanno tenuto dentro senza ragione e che io avanzo qualcosa da loro per via dei loro imbrogli e che questo me l'hanno a dare in tutti i modi per metter fuori chi m'ha salvato.

E sorrise nell'aspettare invano, in mezzo al silenzio profondo, un'eco delle sue parole, a quel modo stesso che sorrise quando fu condannato innocente, cercando nel vuoto una ragione e un rimedio dell'iniquità insolente ed esprimendo un'inconsapevole ironia verso la matta umanità.

IL MUTILATO.

Chi guidava l'automobile vide nel mezzo della strada un uomo tendere una gamba sotto le ruote della carrozza che avanzava e ripiegare l'altra, come si inginocchiasse davanti al pericolo imminente.

Accortosi di non avere scansato l'ostacolo, raddoppiò la corsa, intanto che il capo velato di un'esile viaggiatrice si eresse e poi piegò. Ma un giovane destro si aggrappò di dietro alla carrozza e si lasciò trasportare gridando:

- Ferma ferma! Hai ammazzato mio padre.

L'automobile correva correva, finchè si fermò. Chi guidava, lasciato il volano, levò dal portafoglio mille lire e le offerse al giovane destro dicendogli:

- Tieni, va' a soccorrere tuo padre.

- E non saranno queste sole! - soggiunse la voce commossa dell'esile viaggiatrice, mentre il giovane tornava indietro.

Infatti all'indirizzo dell'automobile 25-999 furon poi chieste e ottenute altre cinquemila lire per la ragione che all'uomo inginocchiato sulla strada era stata risparmiata la vita ma troncata una gamba.

Nondimeno la giustizia doveva dire la sua ultima parola dinanzi a un caso di ferimento grave per imprudenza. Chi guidava l'automobile si tenne nascosto e lontano per evitare il proprio arresto. Invece la viaggiatrice, tornata sola in città, dovette invigilare in continua ansia le vicende dell'accusa sospesa sul capo dell'amico fuggiasco.

Finalmente potè mandargli la notizia definitiva per telegrafo:

- Processo chiusosi ora con la perizia di un legnaiolo che ha detto non valere la gamba più di una lira perchè di legno appena lavorato. Vieni.

IL SONNO DEL GIUSTO.

Calcedonio siede a destra di chi dirige i dibattiti giudiziari e dorme costantemente.

A chi, per pungerlo del suo vizio, gli offre un caffè nell'ora della refezione risponde con amabile disinvoltura: - No, grazie, non dormirei in udienza.

Un giorno si faceva il processo contro un'immensa nutrice che nel sonno aveva soffocato il suo alunno lattante. Calcedonio aveva appena appreso l'argomento dell'accusa e si era addormentato profondamente; ma uno strano sonno ecco turbargli l'abitudine tranquilla. Una frotta di topi rosicchiava le sue gambe e quelle della vecchia poltrona, alla quale si era abbandonato. Sentiva i morsi nella carne, udiva le rosicchiature nel legno, faceva sforzi affannosi per riscotersi, ma non gli riusciva. A un tratto una gamba della poltrona si spezzò e il giudice cadde riverso in un lago di latte. I topi ne oscurarono la superficie bianca e sozze mosche volarono sul suo viso insinuandosi su per le nari e sotto le palpebre e dentro le fauci. Allora tentò di puntare i piedi, ma erano persi. Stava per soffocare, quando uno starnuto lo riscosse, un rigurgito amaro gli salì alla gola, gli occhi gli si aprirono a mezzo. E allora rivide l'immensa nutrice sul suo scanno di accusata, che si mandava a male dal piangere, e udì il suo difensore che, rovesciata col gesto enfatico una seggiola, parlava di febbre del latte e di esaurimento nell'allattare, e ripeteva a gran voce che la coscienza di chi condannasse la piccola innocente sarebbe rôsa di eterno rimorso.

- Il dibattimento è chiuso, il tribunale si ritira per deliberare - gridò il presidente appena l'avvocato ebbe finito.

Calcedonio, scacciata una mosca gozzovigliante sul sudore del suo viso, si alzò con le polpe intormentite per il sonno disagiato e si trascinò nella camera di consiglio.

Il presidente era risoluto alla condanna, il giudice giuniore all'assoluzione; Calcedonio era arbitro della sorte della nutrice. E voleva condannarla, perchè condannava tutti, meritando per questa scrupolosa abitudine il compatimento e la fiducia de' suoi capi di ufficio. Ma il sonno ha relazioni e influenze dirette su la realtà, della quale ora è l'immagine, ora il presagio. I rodimenti e gli affanni sognati da Calcedonio gli riscossero per la prima volta il senso del rimorso nel giudicare.

- Assolvo, - disse con una ispirazione inusitata. - Ma bisognerebbe ammonire, nei ragionamenti della sentenza, che chi non sa dominare il sonno non dovrebbe fare la balia, ma qualche altro mestiere.

- Per esempio - disse il presidente sopraffatto - quello del giudice.

INTORNO A UN TESCHIO.

Il teschio rideva con tutti i trentadue denti e portava scritto sulla fronte:

Io fui come tu sei.

Tu sarai come io sono.

L'omicida impunito lo guardava per la prima volta e pensava alla sua vittima invendicata.

Fu anche lui come sono io - diceva tra sè - e sarò anch'io come è lui. A questo non ci avevo pensato; altrimenti non valeva la pena farlo morire per una semplice differenza di tempo fra la mia vita e la sua.

Era notte e l'omicida era solo, al lume di una candela, in custodia del luogo.

D'un tratto le orbite del teschio si illuminarono di luce sanguigna; l'omicida indietreggiò agghiacciato. Respirò quando quegli occhi di sangue si spensero, e subito afferrò il lume per uscire dalla stanza. Ma una nuova luce sinistra lo costrinse a voltarsi: tutta la teca del cranio era illuminata di una trasparenza orribilmente violastra. L'omicida cadde per terra e si sentì sempre più costretto a guardare, come se guardando potesse circoscrivere l'oggetto del suo spavento, anzichè immaginarselo più terribile e disposto a movere incontro a lui. Allora vide che le orbite si illuminarono di nuovo ma non simultaneamente, bensì una alla volta, con rapidità alterna e in espressione beffarda. I denti intatti consentivano ridendo all'orribile beffa.

L'omicida sbattè il capo in terra e voleva scongiurare a voce alta lo spirito che aveva animato quel cranio e promettere una pronta espiazione all'altro spirito spogliato del suo corpo da lui, ma lo spavento gli permise soltanto di gridare:

- Sarò come sei! Subito! appena sarò fuori di qui e avrò la forza di finirmi!

Ma un'altra sensazione violenta gli serrò il respiro. Uno stridore lamentevole, come di un chiavaccio che ne' suoi anelli, proveniva dal di là del banco sul quale posava il cranio orribile. Era lo scienziato che entrava da un uscio fuor d'uso in questa sua stanza di lavoro.

Vi aveva fatto tornare a tarda sera l'omicida, che teneva presso di sè come inserviente, perchè lo aspettasse. Ma era stato un pretesto. Conosceva l'accusa sanguinaria da cui quell'uomo si era liberato per difetto di prova e aveva voluto ricercarne gli indizii per proprio studio. Al fine di sperimentare quella coscienza sospetta aveva adattato al teschio tante correnti luminose e le aveva regolate dalla stanza vicina, spiando da un foro dell'uscio la scena macabra. L'esperimento doveva parergli pericoloso, specialmente se non cadeva in anima vile, ma innocente; senonchè il professore insegnava medicina forense e aveva pensato che i suoi colleghi delle cliniche sfidano ben altri pericoli e dispensano per amor della scienza anche maggiori strazii.

Chiamò dunque per nome l'omicida, gli domandò in aria di meraviglia che cosa facesse per terra con la candela accanto, e lo rimproverò di essere ubriaco.

- Fosse vero! - balbettava lo sciagurato. - Se avesse visto che scherzi faceva il teschio quand'ero solo! Di chi era quel teschio? Di chi era?

- Del tuo compagno Malvino - disse il professore con la soddisfazione di poter riepilogare l'esperimento. - Di quel povero tuo amico Malvino ammazzato sulla strada.

- Questo no - saltò di terra per gridare l'omicida, trascinato dal bisogno di reagire allo spavento. - Non avrebbe tutti i denti che dianzi ridevano così male.

- E che ne sai? Gli facesti tu l'autopsia?

- Ma per lo meno un dente gli cascò nella rissa. Me lo trovai tra le mani.

L'INCENDIO.

La casa era in fiamme. Di tanto in tanto si udiva il rumore di un solaio che crollava e una voce che ripeteva:

- Fuoco! fuoco!

L'opera di estinzione era al colmo; anzi era già accorsa tanta gente, che era d'impaccio. E nondimeno la stessa voce ripeteva:

- Fuoco! fuoco!

Qualcuno cominciò a osservare: - oramai non sarebbe tempo di gridare acqua acqua? - Altri mormoravano: - ma chi può essere che grida ancora?

Era l'incendiario.

Arrestato per questo indizio di stranezza del suo contegno e raggiunto poi da altri indizi, che altrimenti sarebbero rimasti occulti, dovette lasciarsi convincere che non bisogna esagerare nell'arte di darla ad intendere nè gridare mai troppo, perchè al di là della prima riga, lungo la quale si schierano soltanto quelli che credono o non credono, si distende un'altra più lontana e sottile, donde vien fuori sempre qualcheduno risoluto a credere tutto il contrario, come sarebbe l'acqua rispetto al fuoco.

DAVANTI A MICHELANGELO.

Nel mio compartimento del convoglio che correva verso Roma sedevano tre biondi figlioli di Arminio. Veramente, più che sedervi vi abitavano: tanto era libero e sconfinato il loro esercizio di comodo egoismo, proprio dell'uomo viaggiatore. Avevano fatto alzare là dentro una temperatura graveolenta, da bachi da seta. Il metallo dei caloriferi esalava un acre odore di aceto bollito e tutta la scarsa atmosfera esalava il sapore degli elementi di cui l'ambiente era costruito.

Dovetti uscire nel corridoio per non soffocare. Dietro a me balzava una bellissima viaggiatrice straniera. Fu spontaneo l'incontro dei nostri, pensieri: il torpido sangue alemanno in contrasto col dolce clima d'Italia!

Il convoglio divorava la valle del Tevere, dove il corso delle fulve acque disegna una brusca risvolta, a tredici chilometri dalla città eterna. In questo punto, per una foce breve, appare alla vista del viaggiatore la cupola di Michelangiolo, eretta su pochi contorni e spiccata in tutta la sua altezza, quale non si scorge da nessuna parte della città. Forse il fiume dall'umile origine toscana ha voluto aprire questo varco alla contemplazione anticipata del miracolo del suo conterraneo portentoso. Additai alla bellissima viaggiatrice questa visione celeste. Ascoltava, guardava, piangeva. Mi vantai conterraneo dell'artefice che nacque in Casentino e crebbe in Firenze e mi mostrai commosso di questa mia relazione col più sicuro genio dell'arte.

Ma perchè piangeva? Ricordava o temeva?

Mi parve temesse; e tentai con sottile cautela di penetrare nel fondo della sua anima ignota.

- Ah! quella cupola! È un tristo ricordo per me - diceva la viaggiatrice.

La allettai a dire di più. Ma non soggiungeva altro se non che aveva bisogno di consiglio e di aiuto. Mi dichiarai capace di darle almeno consiglio, già che le avevo rinnovato il triste ricordo. Al nostro arrivo a Roma mi aveva dato un convegno.

Quel braccio sinistro della grande crociera di San Pietro, che è sotto la cupola di Michelangiolo, si slarga in un'ampia tribuna, dove sono disposti otto confessionali. Sulla fronte di ciascuno è indicata la lingua straniera usata nella confessione; su quello a destra dell'altar maggiore è scritto: Pro hungarica lingua.

La mia bella consultatrice, ungherese d'origine e per vincolo coniugale, soleva appressarsi a quello scanno di penitenza, abbisognandole tutta l'agilità del proprio linguaggio per confessare le sue colpe. Qualche giorno prima del suo incontro con me si era inginocchiata in quel confessionale aspettando il penitenziere. Come questi venne a sedersi al suo posto e aprì lo sportello soprammesso alla grata, cominciò la confessione. Il sacerdote parlava in pretto ungherese e si mostrava minuto, pedante.

La penitente confessò di aver peccato di adulterio. Allora il sacerdote si fece rivelare ogni particolarità intorno al modo e al luogo dei convegni peccaminosi. Poi, invocato l'esempio della grande misericordia del Maestro che perdonò all'adultera, assolse l'amorosa peccatrice.

Il giorno di poi, lei essendo sola a Roma e il marito a Orvieto, riceveva la visita di un giovane ungherese, addetto a un'ambasciata in Roma. Costui aveva da un anno posto assedio di seduzione alla sua bellezza, ma senza fortuna. Questo giorno, ritornando all'assalto, si era sentito ripetere ancora una volta l'inviolabile fedeltà coniugale. Allora l'assediante girò la posizione e si dette a battere la breccia da un lato nuovo e per la prima volta scoperto. Le disse:

- E i convegni coll'ardente giovane italiano nei pomeriggi del martedì e del sabato?... E il pianterreno della casetta bianca ai Prati?... E il basso divano arabo?... E la fida guardia dell'amica austriaca alla finestra del primo piano?... E la corrispondenza d'amore nella quinta pagina della Tribuna coi nomi di Ellera e di Spino?...

La bellissima magiara si sentiva vulnerata nella parte più debole della sua colpa. Dove si era costui munito di questi segreti? Per maggiore efficacia di intimidazione volle rivelarglielo egli stesso: era stato il suo confessore dell'ultima penitenza, là dove era scritto: Pro hungarica lingua. Aveva indossato un abito talare, si era accreditato presso la basilica come sacerdote ungherese, e aveva aspettato la penitente all'ora e nel luogo consueto per la confessione. L'esito dell'audace impresa si riassumeva ora in una intimidazione vile: o cedere o esporsi alla rivelazione della colpa presso il marito: rivelazione che quell'uomo farebbe in nome dell'amicizia fraterna e del vincolo connazionale.

Era una condizione terribile. Lucrezia, dal suo soglio di Roma, le insegnava a morire piuttosto che cedere; il rispetto al marito e l'amore dei figlioli le rappresentavano rovinosa la minaccia. Andò frattanto a Orvieto presso il marito, occupato in rilievi al naturale dell'architettura orvietana, per solo bisogno di indugio. Ne ritornava il giorno del nostro incontro, sul convoglio infocato che attraversava la valle tiberina in vista dell'opera di Michelangiolo. Ecco perchè a quella vista pensava e piangeva; ed ecco di che chiedeva a me consiglio e aiuto.

- Non avete altro da dirmi? - le domandai, dopo che mi ebbe raccontato il suo caso.

- Vi ho detto tutta la verità, come la dissi a chi mi confessò.

- Ebbene, datemene incarico, e io confesserò lui.

Infatti lo chiamai in luogo adatto e gli parlai conciso:

- Ho l'incarico di farvi un'intimazione invece che un'accusa, se così preferite. È accertato che voi, ospite straniero in Roma e addetto a un'imbasciata, avete creduto lecito e onesto vestire l'abito del prete cattolico, entrare sotto questa veste in San Pietro il giorno 13 decembre e confessare una signora ungherese.

- Non può essere che la signora che lo dice.

- Dunque è vero. E se la signora lo dice, ecco che vi sta contro una testimone. Ma voi sarete anche riconosciuto dalla sacrestia, dove vi siete presentato prima della confessione. Non manca dunque che sottoporvi a una recognizione personale, se pure non preferite accordare una pronta riparazione.

Esitò, tentò tornare indietro negando la colpa, protestò della sua dignità inconciliabile con una bassezza; ma bastò ricordargli i particolari della confessione e la minaccia del riconoscimento da parte della sacrestia per rimoverlo da una resistenza inutile e rovinosa.

- Sicchè - gridò in piedi - la signora vuole affrontare il suo disonore!

- Insieme al vostro! Costretta, parlerà e potrà anche essere salva dinanzi al marito, ma voi necessariamente perduto; perchè se voi non confesserete il vostro trucco non sarete creduto nell'accusa e vi dimostrerete un calunniatore, e, se lo confesserete, vi cadrà addosso non solo la colpa del sacrilego abuso ma anche quella dell'impuro attentato, non ostante l'amicizia fraterna e il vincolo connazionale.

Il confessore era confessato. Allora si convinse che era preferibile per lui dichiarare in iscritto il doppio torto e promettere di non dar molestia alla signora, convenendosi che la dichiarazione sarebbe rimasta segreta presso di me nello stesso vantaggio di lei, purchè egli non desse mai alla sua trama conseguenze maggiori.

Nel separarmi volli aggiungergli un consiglio: farsi trasferire presso altra ambasciata e in una capitale dove la Chiesa non appresti la confessione in hungarica lingua.

Il giorno di poi accompagnavo la bellissima magiara a Orvieto. A tredici chilometri da Roma, ritti nel corridoio del convoglio, ci volgevamo a guardare la cupola di Michelangiolo, eretta su pochi contorni e spiccata in tutta la sua altezza, quale non si scorge da nessuna parte della città.

Ella ascoltava, guardava e rideva.

SO TUTTO.

Fifi sedette a tavola, spiegò il tovagliolo, ingollò i primi bocconi, poi disse d'un tratto:

- So tutto.

Alla tavola sedevano il padre e la madre: un uomo indifferente alle vicende dell'età, contento della sua non più giovane, che gli serbava un ottimo appetito: un'amabile donna, ancora fiorente ai suoi trentasett'anni, non rassegnata a piegare l'arco della maturità. Era una di quelle creature che interrogano la vita, meno rare tra le donne, che sentono la villania e gli scapiti del tempo.

Da più di un anno tramava un voluttuoso adulterio; ma il pensiero dell'invecchiare le rendeva tormentosa la passione, che era così piena e matura. Principalmente non sapeva adattarsi a pensare che un giorno non lontano il suo unigenito, ora quattordicenne, rotto il mistero della sua origine e fatto incontinente, dovesse correre insieme a lei il palio del piacere.

L'esclamazione fatta ora da lui a tavola era l'annunzio di questo giorno aborrito.

Furono così precipitate le sue parole, che da prima nè il padre nè la madre poterono coglierne il significato; ma Fifi non si fece troppo esortare a spiegarsi. Sandro gli aveva detto.... Olga gli aveva raccontato.... Ghino gli aveva fatto vedere in un libro.... E ora ne sapeva più di loro: sapeva tutto.

Il padre si riempì un bicchiere di più, soddisfatto della promettente svegliatezza del figliolo, e pestò i piedi alla moglie. Questa invece scorse in quella sortita come un'intimazione di coscienza disingannata e quasi un segreto rinfaccio all'opera generatrice scoperta. E più ancora sentì un profondo contrasto tra quella improvvisa coscienza, capace di giudicare, e l'attualità della propria licenza amorosa; ne provò un senso di vergogna e di timore, che fece in lei precipitare il tempo della resa al piacere e ghiacciare gli ultimi ardori riserbati all'amante.

Costui non sapeva spiegarsi come mai la donna che gli dava tanta gioia di lussuria mancasse da qualche tempo ai convegni usati e non poteva darsene pace. Le scrisse, si informò, la appostò. Tutto fu inutile. Le scrisse ancora e finalmente ne ebbe questa risposta:

"Siamo scoperti! non però dal tradito, ma da Fifi, dal mio Fifi. Egli non sa nulla dei fatti nostri, ma per la malizia acquistata in questi giorni ne conosce tutto il segreto. Questo per me val quanto ci avesse sorpresi e mi sapesse donna colpevole. Ho giurato sul suo capo che non sarò più di nessuno".

UN VIAGGIO DI FRODO.

È un affare serio morire lontano dalla propria città. Morire poi a Napoli e farsi trasportare a Firenze è un dissesto addirittura.

Così pensavano due nipoti dell'antiquario fiorentino, suoi eredi. E decisero di conciliare la volontà dello zio con un espediente economico. Vestirono il cadavere, lo portarono al treno, lo collocarono a braccia come un infermo in un angolo di seconda classe, ve lo adagiarono seduto, e si misero con lui in viaggio per Firenze.

Col berretto scozzese calato sugli occhi, con la curva pipa cadente dalla bocca, lo zio antiquario pareva dormisse placidamente, senza rimorsi del suo mestiere.

Dopo Orte gli eredi furono presi da un grande appetito e in premio del risparmio guadagnato si concessero l'agio della carrozza-trattoria. A Chiusi tornarono ai loro posti, ma non ritrovarono lo zio. Nell'angolo opposto sedeva un viaggiatore assonnato, che alle loro indagini inquiete aprì gli occhi tra il burbero e il risoluto.

Allora gli chiesero:

- Non era qui un viaggiatore addormentato?

- Sì - rispose quegli - ma è sceso all'ultima stazione.

LA MATRICOLA 333.

Nè compagni nè carcerieri ne seppero mai il nome. Portava sul petto il numero di matricola 333, era rinchiuso nell'ergastolo da tredici anni e doveva finirci la vita. Era tuttora giovane, se non ingannava la sua rigorosa tonsura, e lavorava abilmente di calzolaio.

Il lavoro che gli riusciva assai male era quello che eseguiva per il cavalier direttore. Le scarpe fatte per lui erano una prigione, non una calzatura. Di fuori parevano un'opera accurata e fina, ma di dentro nascondevano tale insidia di stecchi e grovigli, che spesso si vedeva il cavaliere ispezionare il vasto penitenziario come se montasse un cavallo zoppo.

Evidentemente il 333 lavorava di suo talento. La sua passione dominante erano le scarpe da donna, che parevano modellate sul bel piede che Agnolo Firenzuola, ragionando della bellezza delle donne, vuole snello ma non magro, nè senza l'atto del salire del collo. E bisognava vederlo rifinire un paio di tali scarpe. Le sfregacciava con le sue mani viscide, le lisciava, le rigurdava lungamente; e in questa sua cura pareva trasfigurarsi per un intimo spasimo non represso. Poi le licenziava con un ultimo sguardo obliquo, tutto proprio dell'artista che ha scaricato una sua tensione nervosa, e pareva dicesse: andate, fate la fortuna di un piede libero e di uno sguardo appassionato.

Ma la sua salute andava decadendo, senza che il medico del carcere sapesse scoprirne la ragione. Costui non sapeva nulla di virtù afrodisiaca del cuoio nè di malsana sensibilità e di sogni a occhi aperti dei carcerati. Finalmente, in seguito a lenta consunzione, l'ergastolano non fu più neanche un numero.

- Era un feroce artista della toma! - disse il cavalier direttore, zoppicando davanti alla cella da cui era staccata la matricola 333.

PER UN NOME.

Si doleva della moglie perchè in qualche tratto di espansione proferiva un altro nome invece del suo.

Con la febbre di cento sospetti cercò inutilmente chi fosse Leo, il preferito Leo. Infine si risolse all'unico partito che seppe consigliargli la gelosia: separarsi.

Quando il magistrato interrogò l'uno dopo l'altro i coniugi, si potè sapere dalla tarda confessione della moglie chi fosse Leo, il preferito Leo.

Era il cane di un'amica.

IL CIRCOLO DEI SUICIDI.

Miss Gregor era il modello della palmipede zittellona inglese protettrice di cani. Ma fin dal principio di questa pia missione mostrò qualche tendenza a sconfinare, perchè le sue cure giornaliere, delle quali godeva tutti i privilegi un can barbone da sette anni cieco e rognoso, erano interrotte ogni mattina dalla sua opera di assistenza pubblica ai gatti randagi della città.

Quando nelle sue peregrinazioni per l'Italia fu a Firenze, tutti i gatti della più scarna razza felina, che si moltiplicavano nel chiostro di San Lorenzo e negli angoli esterni delle Cappelle Medicee, furono ingrassati e consolati dalla sua pietà. Sola con loro, sosteneva una lunga conversazione in corretto inglese, li faceva saltare da un braccio all'altro come da uno a un altro stecco, li accarezzava, li baciava, li vellicava sulla nuca, finchè, ottenuto a stento un po' di rispetto intorno a un paniere che portava seco, ne cavava fuori tante razioni di minugia e le distribuiva secondo le diverse condizioni di salute e di appetito.

Una primavera non ritrovò più nel solito stato questo quartiere povero della popolazione da lei protetta. Il selvatico chiostro era stato ridotto a giardino, il recinto delle Cappelle Medicee riordinato, i gatti snidati per sempre. Ne provò indignazione e dolore e lasciò quello stesso giorno Firenze, città guelfa e dal costume devastatore, e andò a Roma tra gente più cristiana e civile.

Qui la sua tendenza a sconfinare dalle sue prime pratiche di pietà la lanciò verso una nuova e più audace impresa: fondare un Circolo dei Suicidi. Il fine doveva esser quello di distorre dal suicidio, con l'offrire a chi vi fosse inclinato un luogo di calma e di riflessione, un asilo di salvezza, principalmente col mezzo della lettura. Miss Gregor aveva letto che il libro è una consolazione della sventura e può salvare la vita; e ci aveva creduto.

Il Circolo consisteva in alcune stanze fornite di suppellettili da salotto, tranne una, che era montata a biblioteca. Era aperto anche la notte e miss Gregor non lo abbandonava se non in quelle ore del giorno che dedicava al suo breve riposo. Due giovani e scarne amiche l'aiutavano come sorelle volontarie; una donna e un bardotto formavano il personale subalterno.

Il luogo era abbastanza frequentato e quasi sempre di notte. Era inverno quando fu aperto; e i frequentatori dicevano che era assai ben riscaldato. I più dormivano dapprima composti o sapientemente appoggiati; poi lunghi distesi. La fondatrice rivolgeva a ogni nuovo venuto parole di conforto; poi chiudeva il discorso con l'invito a leggere "perchè il libro è una consolazione della sventura e può salvare la vita". E sceglieva ella stessa, nella piccola biblioteca, il libro che credeva meglio adatto allo stato di spirito del lettore, che infatti pareva riceverne qualche beneficio raccogliendosi in un sonno profondo.

Le amiche avevano affacciato fin da principio alla fondatrice il timore che qualche candidato al suicidio non avesse ad attuare il suo triste proposito, quasi non potesse trattenerlo più a lungo, dentro il Circolo, insanguinandone il suolo e rattristandone l'aspetto. Una volta che il vento sbattè un uscio con grande violenza, le tre esili amiche caddero tutte in un mucchio come un sacco di mestoli.

Tuttavia miss Gregor era abbastanza soddisfatta della sua istituzione. In seguito parve anche a lei che i suoi suicidi dormissero un po' troppo e le venne fatto di riflettere se non le fosse convenuto meglio fondare un pubblico dormitorio addirittura. Ma una notte le si offerse davanti un uomo maturo, dagli occhi cupi dentro le occhiaie infossate, con gli abiti sbiaditi come se il sole e la pioggia vi si fossero dati la muta per varie stagioni. Miss Gregor capì che quell'uomo aveva poca voglia di dormire e anche meno di leggere. Nondimeno si sforzò di porgergli atti di coraggio e di dolcezza.

- Chi è che deve darmi il colpo? Ecco qui la dichiarazione - gridava il nuovo ospite. Ma miss Gregor non capiva di che colpo e di che dichiarazione costui le venisse parlando, finchè non le toccò intendere queste più chiare parole:

- M'hanno detto che qui può venire chi non ha coraggio di tirarsi e trovare chi gli tiri, purchè lasci scritto che s'è tirato da sè. Ecco la mia dichiarazione. E ho portato anche la rivoltella carica per non aspettare. Chi è che deve darmi il colpo? Non vorrei perdere il momento propizio. Oh via!

Infatti estrasse una rivoltella e la porse a miss Gregor. Ella capì che cominciava allora la sua missione; ma ora che doveva disporvisi ne inorridiva. Ritrasse le mani tutta tremante e tentò qualche parola di conforto; ma la disperazione di quell'uomo passava ogni ragione e non ascoltava neppure la più potente di tutte, che è l'istinto di vivere.

E ricominciò a gridare:

- Su, presto, perchè non passi il momento propizio!

E tornò a porgere la rivoltella a miss Gregor stringendo la canna verso il proprio petto affinchè la pia donna impugnasse il calcio e facesse fuoco. Miss Gregor deviò bruscamente in atto d'orrore l'arme, compiendo mezzo giro. L'uomo non se ne accorse; solo riflettè che gli sfuggiva il momento propizio e fece fuoco. Miss Gregor cadde colpita al petto.

Due giorni dopo un branco di cani ululava sulla sua fossa nel cimitero acattolico di Roma, all'ombra della piramide di Caio Cestio e degli alberi tristi, presso le ossa di Giovanni Keats e le ceneri di Percy Bysshe Shelley, il quale aveva cantato che in quel luogo era bella anche la morte. Quei cani avevano perdonato alla vecchia miss il torto di trascurarli per la preferenza accordata agli uomini nel colmo della loro bestialità; e ora ululavano come orfani sgomenti sulla sua fine dolorosa.

Il becchino aveva stentato a scacciarli; e poichè era sera e un can barbone cieco, coperto di un cappotto fregiato delle cifre di miss Gregor, era ritornato ad accovacciarsi sulla fossa, il romano custode, più cristiano e civile dei fiorentini restauratori di San Lorenzo e delle Cappelle Medicee, lo prese a calci dicendo:

- To'! questo era venuto col cappotto! Aveva intenzione di farci nottata!

LA FOSSA DELL'ABATE.

I.

Chi non ha mai approfondito il carattere di una città ducale non sa che sia la serena malinconia dei luoghi; non conosce il piacere di sentirsi vivo in una città morta. Il tenore di una Corte angusta come il regno che la sosteneva, e però influente a fondo su tutti i costumi e gli aspetti della città, vi lasciò la sua impronta giallognola, di doratura sbiadita, con traccie stanche di stile impero, che nessuna vicenda è mai bastata a cancellare. Si direbbe che la Corte, abbandonando la sede del suo dominio, si sia portato via ogni segno di fasto e di benessere istituito per suo motu-proprio e vi abbia lasciato gli staffieri, i ciambellani, i funzionari, oggi viventi tutti con grado e in aria di pensionati. Le forme edilizie, mute per devoto silenzio, non hanno cambiato espressione col cambiare d'uso. Si ha voglia di inchiodarvi stemmi e insegne e scritte di nuovi uffici! Uno spartito ampio di finestre e di porte, un vestibolo luminoso, una tribuna capace, una fuga di archi spaziosi ricaccia la nuova occupazione nella protesta di un insolente anacronismo. Gli stessi funzionari occupanti, vengano dalla Sicilia, scendano dalla Valtellina, prendono una posa storica, smarrita lungo un secolo addietro, sonnacchiosa e piaccicona più che altrove. Le aziende, le officine, le botteghe, quelle amabili caratteristiche botteghe con l'apertura a T, se hanno mutato etichetta, non pare abbiano mutato attività. Si direbbe che vi si rifinisca un lavoro incominciato al tempo del duca e ordinato da lui.

Lucca è una delle città che più deliziosamente conservano il carattere ducale. Il cerchio alberato delle sue mura serve particolarmente a chiuderla nella castità della sua storia. Quando il cielo coperto cala sul rigido cerchio, il forestiero crede di trovarsi dentro un cofano perfettamente chiuso; ma se ha scorta sufficiente di preparazione e vena discreta di fantasia può vivere in un giorno la vita avventurosa di un secolo. Le quattro porte, dalle saracinesche alzate e riposte in fitti drappi di ragnatela, come preziose antichità scampate al furor del museo, rintronano ai rari passi di chi entra e esce, contando il ritmo tranquillo della città. Il suono dell'ore si diffonde sui tetti e negli orti frequenti e per le vie deserte come un richiamo ascoltato da tutti e non sopraffatto dai rumori alla realtà della vita che scema. A mezzogiorno canta la cuccumeggia.

Quando due forestieri provenienti da Milano furono a Lucca nell'estate del 1868, il ducato era finito da pochi anni, il cielo era coperto. Non pensate, l'impressione provata da loro non fu diversa da quella degli altri forestieri; ma vi si aggiungeva l'orgoglioso rimpianto dei grandi palazzi settecenteschi, degli spaziosi bastioni spagnoli, dell'ampia distesa del duomo. Che è, a paragone di questa, il biscanto cieco di San Martino e la sbilenca basilica conclusa in un angolo della piazza fuor di simmetria, dalle linee sublimi nell'espressione del mistero, coi sobrii bassorilievi petrosi? Che sono, a confronto dei bastioni, le mura cerchiate come verde odorata ghirlanda? Che mai il placido sonno di Ilaria, composta nell'eternità della sua divina bellezza, in contrasto col rumore e la festività delle strade affaccendate della capitale lombarda? La visita fu breve, a volo d'uccello. Questi voli sono il capriccio di altri animali, non degli uccelli, saggiatori sapienti e curiosi d'ogni granello di nuova terra, d'ogni diverso aspetto di umana opera. Quelli che volano sulla mesta città posano a lungo sulla quercia verdeggiante in cima alla Torre dei Guinigi e beccano alla sera nelle alture e tra i merli dei campanili e dicono nel canto le lodi della città e le sue antiche storie.

Dopo il breve giro entravano nello studio di un avvocato, presso la salita del Bobolino, per un affare d'amore, come dissero al giovane di studio, che li accoglieva. Il signor Davino, veramente, non era giovane, ma ormai si ritrovava, oltre i suoi settant'anni, a sentirsi chiamare giovane, secondo questo modo di amabile ironia toscana. Informatosi meglio sulla natura di quell'affare d'amore e convintosi dei termini di una lite civile, si affrettò ad annunziare i clienti all'avvocato, che si intratteneva nella sua stanza con un modestissimo criminale, e non ne uscì finchè non ebbe condotto fuori l'importuno dicendogli più volte: - via via, galantuomo! - I giudicabili chiamava sempre galantuomini; i litiganti, signori. Antitesi spiccia tra una giustizia per galantuomini e una da signori!

Francesco Carrara, come si chiamava l'avvocato, era uomo oltre i sessant'anni e presentava una figura strana: faccia grande e più larga in basso, capelli raggruppati in due grossi ricci sotto le tempie, naso adunco ma senza espressione di grifagno, occhi acuminati e dallo sguardo lungo, piccoli baffi, ciuffetto di peli sotto il labbro inferiore, orecchie forate con campanelle appese. L'ampia rivolta della camicia si rammodernava nascondendosi sotto la giacca capace; ma i pantaloni di tela greggia tradivano un antico e già disusato costume continuando fin oltre il piede, al quale facevano da calza, come si scopriva alla scarpetta scollata. Nel silenzio e nella tristezza della sua città natale quell'uomo, benchè esercitasse l'arte della discordia nel fôro, aveva scritto da poco sette aurei volumi, coi quali aveva tratto nell'ordine di una meravigliosa potenza dialettica tutte le conseguenze giuridiche delle sua concezione classica del delitto. Aveva da poco salito la cattedra invertendo il metodo comune dei dottori, ossia instaurando la dottrina sopra l'esperienza. Aveva nel cervello un diamante, col quale tagliava nettamente ogni questione, come fa il diamante sul vetro, senza disturbare le molecole della materia disputabile, invertendo in questo il metodo comune degli avvocati, che scompongono gli elementi della disputa e li mescolano in tesi artificiosa.

Come i due clienti furono alla sua presenza, l'uno incominciò:

- Io sono il marchese di Lambrate e questo è il mio unico figliolo. Premetto che porto questo nome da tre secoli.

Il Carrara fece saltare le scarpette dai piedi imbracati; ma quegli, senza badargli:

- E mai in tanto tempo ha subìto incrociature. Incrociature! Incrociature!

E come seguitava a gridare, così il Carrara lo interruppe:

- Cose da cani! Il marchese ha ragione.

Il giovane, che aveva abbassato il capo alle nuove furie del padre, lo alzò a questa osservazione, come se i cani lo riguardassero in qualche modo. Allora l'avvocato:

- Forse il giovanotto si è invaghito di una ragazza di basso nome?

Il marchese non lo lasciò finire:

- Precisamente! Cioè.... La ragazza non ha neppure un modesto casato, non ha nome, è bastarda. Ecco l'orribile incrociatura. Cose da cani! Ben detto!

Il giovane supplicava il padre con gli occhi e cominciava a esporre il suo caso; ma il marchese riprese la parola:

- Ecco, il mio figliolo, in fondo, è degno del nome che porta; la sua ostinata passione per quella ragazza è il suo unico torto; ma d'altronde la ragazza è di buona indole e anche di fina educazione, e non pare neanche di ignobili natali. Per intenderci subito, sebbene spuria, ha da provare la sua paternità. Anzi par certo che sia figliola d'un ricco signore, d'un conte; però d'una contea che non è da paragonare col mio marchesato; ma insomma ha da acquistare un titolo e un nome. Ecco il tema della lite; ed ecco il patto che io metto al mio consenso al matrimonio. Anzi sono qui anch'io per impegnare una lite, se c'è fondo. Il conte dimora in questo circondario; e per questo siamo qui. Potevo fare di più per questo ragazzo innamorato?

- Badino - disse l'avvocato - che la ricerca della paternità è permessa soltanto nei casi di ratto della madre o....

- Siamo nel caso - interruppe il giovane precipitando. - Ma ecco che abbiamo raccolto le notizie minute sul fatto.

E consegnò un nitido manoscritto all'avvocato, che prese a sfogliarlo. Una circostanza presto adocchiata lo colpì, poi un'altra. Leggeva a sbalzi, puntando gli occhi su ogni circostanza saliente, li dilatava ad ogni segno d'intelligenza, scoteva le campanelle appese alle orecchie, finché, a un certo punto, la sua curiosità parve raccogliersi in una rivelazione. Allora cessò di leggere, rinfilò le scarpette e disse:

- Non hanno altro da aggiungere?

- Tutto quello che sappiamo è costì - risposero i due.

- La storia è lunga e anche complicata. Parrebbe un romanzetto, se non fosse vera.... Chi sa! Chi sa!... Ho bisogno di leggere attentamente. Domani sarò in grado di conferire con loro. Domattina alle undici.

I due facevano a gara nel movere domande e anticipare osservazioni; ma l'avvocato si schermì dicendo seccamente:

- Domattina alle undici.

Il marchese volle tuttavia chiedere se la fanciulla, vincendo la lite, avrebbe rivendicato anche il titolo nobiliare del padre. L'avvocato ripetè:

- Alle undici.

Il vecchio giovane dette di leva alla sua grave persona al passare dei clienti, puntando le mani sull'opera sua di alcune scritture avviate, e per poco non si cavò la berretta ducale, diventata ormai parte inseparabile del suo capo dal giorno che il ragazzo di studio gli incendiò l'ultima parrucca di color locale, giallognola, come di doratura sbiadita.

Rimasto solo e indisturbato, come può concedere l'arringo professionale in una città del silenzio, il Carrara lesse interamente il manoscritto. Si sarebbe detto, a vederlo sempre più attento alla lettura, che lo invogliasse una curiosità personale più che di professione. Quando ebbe finito, prese una risoluzione che dovette parergli felice: tanto fu pronta e recisa. Chiamò il signor Davino e lo incaricò di ricercare Perchia, un collega della città, generalmente conosciuto con questo soprannome, e di condurlo subito presso di lui.

Il signor Davino non perse altro tempo se non quello occorrente a rincalcare il cappello al posto della berretta e dovette girare non poco per la piccola città, e correre due volte il Fillungo, deviare ora per via Buia, dove nacque all'armonia il soave Boccherini, ora nei diverticoli della Tor dell'Ore, dove fu la casa dell'amata Gentucca. Finalmente lo trovò in quei paraggi, in fondo a un'osteria, dove già aveva anticipato la sua refezione.

Come il Carrara l'ebbe davanti a sè, con un'aria che voleva dissimulare qualche cosa di misterioso gli disse:

- Mi capita un affare che mi pare adatto a te. Forse potremo trattarlo insieme. Devo dare la risposta domattina. In ogni modo desidero che ci sia dentro anche tu. Questo è un manoscritto che espone la storia del caso. Tu mi dirai la tua impressione, ma domattina, prima delle undici.

- Non vado neanche a mangiare! - disse Perchia. E mostrò una grande premura per l'onore e la deferenza usatagli dal collega maggiore.

In verità l'onore gli pareva immeritato, la deferenza strana. Certo erano una cosa nuova. Ma contrastavano col suo intimo stato d'animo, giacchè ora, attraverso alle sue disordinate vicende, si ritrovava alla vigilia della propria rovina. Tre malfattori, che intristivano da cinque anni ai lavori forzati in pena di un ingentissimo furto, gli minacciavano da tempo la esatta rivelazione della sua complicità nel delitto da loro commesso, per essersi fatto ricettatore di quasi tutto il compendio furtivo, se finalmente non ne restituiva almeno una parte alle famiglie. Avrebbe dovuto pagare oltre diecimila lire; ma ne aveva altrettanto di debito verso clienti e usurai. Fra qualche giorno i tre malfattori avrebbero fatto le minacciate rivelazioni e il loro difensore li avrebbe seguiti nella medesima sorte.

In questa disperata condizione credette di intravvedere nell'atto del grande collega la mano della Provvidenza, il segno della propria redenzione. Gli pareva di avere scorto non solo nell'atto, ma nel modo stesso di porgerlo, qualche cosa di misterioso, vale a dire quel tanto che il maestro aveva creduto di dissimulare. Allora corse a chiudersi nel suo studio per leggere il manoscritto.

Chi avesse seguìto le sue varie impressioni avrebbe notato che anche in lui si accentuavano fin dalle prime pagine alla rivelazione di certe circostanze, si incalzavano a quella di altre, ma con rilievo più forte e repente. Sul punto della conclusione in cui il maestro aveva voluto confondervi lui, egli vi aveva già confuso se stesso. La conclusione era enorme, tremenda, maravigliosa. Il padre della fanciulla, che cercava il nome e l'origine propria per rendersi degna del casato dei Lambrate, era lui, Perchia, il sopracchiamato nella difesa per la ricerca della paternità.

Narrava il manoscritto che il padre della fanciulla era l'abate ***, conte di Camaiore. Ma Perchia non era stato mai abate, nè era conte, nè veniva di Camaiore. Nessun indizio raccolto nella cronaca accennava neppur lontanamente a lui. Dunque la cronaca raccoglieva un errore di persona e apponeva ad altri i fatti che Perchia attribuiva a se stesso. I fatti erano veri, ma si innestavano su un solo punto diverso dal vero, ignoto agli espositori, ma a Perchia notissimo. O egli riparava a questo difetto e doveva confessarsi padre; o si disponeva a secondarlo e doveva accusare altri della paternità che era la sua.

Allora sentì, in tutta la profondità della propria miseria, l'alta potenza del genio che lo aveva tratto dall'ombra per gettarlo tra gli urti di questo dilemma terribile. Nelle città silenziose si spande l'eco delle voci che emanano dalla verità come il suono dell'ore che vien dalla torre, ascoltato da tutti, non superato dai rumori, e anche al savio maestro non era sfuggita la voce di antiche avventure dello scioperato collega. La genialità dell'atto consisteva nel costringere la diceria, il pettegolezzo, nel tragico di una prova palpitante e con conseguenze estreme.

III

Fu chi nel ritrarre un'intima e grave condizione spirituale pensò far dire all'uomo in lotta con sè: sei sola, anima mia, non mentire a te stessa. Non così pensava Perchia in quell'ora della sua massima costernazione. Mai come allora la sua coscienza, mai come in tali casi la coscienza d'ogni uomo, è stata così poco sola e ferma in se stessa, perchè anzi in questi casi si sdoppia, discute in contrarie voci, lotta tra le strette della verità, e non mentisce.

Perchia entrò dunque in una lunga e appassionata discussione, nella quale aveva di fronte il più debole dei contraddittori, se stesso, e si vedeva davanti il più parziale dei giudici, la propria ragione. Una frase articolava commosso, di tanto in tanto: la mia figliola! Passeggiava la stanza, poi si arrestava, ora fissava il pavimento, quasi volesse evocare un'ispirazione di sotto terra, ora la finestra, come per ottenere un barlume tra le tenebre della mente, ora nel vuoto della stanza, come per distrarsi e correggersi di tutti i pensieri formati e cercarne dei nuovi, poi tornava a passeggiare, e si diceva e si contraddiceva:

- Posso farlo? Posso chiedere ai giudici che la mia figliola sia dichiarata la figliola di altri? Io stesso? Sarebbe la più grande delle scelleratezze! Rinnegare il mio sangue, tradire un'altra volta un amico, rovesciare in altrettanti argomenti di colpa tanti suoi benefizi verso quell'innocente!... Non debbo farlo; non lo faccio. Mi confesso padre e divento galantuomo.

- Non è possibile! Darei a Fortunata un padre inutile, anzi infame, in cambio di un padre onesto e utilissimo. No. Sarebbe questa la più grande delle scelleratezze. Bisogna che sia iniziata la lite e che il conte di Camaiore sia dichiarato padre di Fortunata. Ecco fatto!

- E costui godrà del nome di padre? e io dovrò conquistargli questa dolcezza? io stesso? È vero che lui non desidera nè chiede questa sublime esaltazione della vita, che non gli spetta; la ricuserà e la combatterà, anzi; ma quando l'avrà a suo dispetto provata, vi rinverrà un'illusione e un compensò che gli faranno gradite le iniquità e la calunnia. E quell'angelica creatura, che crederà di aver conquistato il padre col diritto, procurerà di guadagnarselo col sentimento, e gli porgerà tali dolcezze che non saranno meno giuste e sincere. Non è mica vero che la natura parli alla ragione; ma la ragione parla alla natura. Mi aveva mai detto la natura che io ero padre, prima che me lo dicesse per quelle poche carte la ragione? Ha detto forse la natura alla mia figliola che non è la figliola del conte di Camaiore? No. Fortunata è la mia figliola. Devo riconoscerla per mia.

- Ma sarebbe una ben triste fortuna! Il suo nome, aggiunto al mio, urlerebbe come la più aspra ironia. Che sarà il mio nome tra poco, se non infamia e forse un numero? Quel patrizio sciocco e testardo, che è il marchese di Lambrate, sdegnerebbe sempre più che il suo nome purissimo si unisse a un nome ignominioso, se già ha tanto sdegnato la mancanza di un nome. E avrebbe ragione. Sono io che non ragiono.

- Eppure, se quei tre sciagurati avessero pietà di me e del mio stato e mi risparmiassero la sorte che io tentai risparmiare a loro, non sarebbero tutti vaneggiamenti i miei! E mi sarebbe pur caro rivedere nell'aspetto d'una figliola il mio aspetto stesso! stringere tra le mani la carne della mia carne! respirare un alito di vita che è la vita mia! inginocchiarmi a lei e chiederle e darle la benedizione del cuore sopra gli affetti e le vicende di giorni migliori! Sarebbe pur caro, sì, ma è impossibile! I tre sciagurati non aspetteranno otto giorni a denunziarmi e tutti gli altri miei guai si rovesceranno con questo gran guaio sopra di me. No, non è possibile!

- E chi troncasse d'un colpo tutte queste incertezze tormentose e si levasse da questa disperata alternativa? Ah no, neppure la morte! Io solo, io che ho creato la sorte infelice di Fortunata, debbo a qualunque costo salvarla. Io solo, che misi nell'equivoco e nell'inganno un amico, posso tenerlo ancora nell'equivoco e nell'inganno. Io solo posso compiere un'ingiusta azione per raggiungerne almeno questa volta una buona. Ho risoluto. Devo iniziare la lite con lui....

- Giusto lui!... il maestro!... Ma non ha gravi sospetti sopra di me? Non gli son venute all'orecchio tante voci indiscrete di questa città maligna? Non mi ha chiamato apposta, per mettermi alla prova in questo terribile contrasto? E come farò a presentarmi a lui e dirgli che la lite è giusta e che mi posso mettere al suo fianco per sostenerla?

Il pensiero del maestro cancellava tutti gli altri pensieri, anche quello che si conciliava con la prerogativa delle ingiuste azioni. Ma bisogna conoscere la natura dell'errore per misurare lo stato d'animo dello sciagurato davanti a questa particolare difficoltà.

Cìncica e Perchia, studenti senza vocazione, questi di Lucca, quegli di Camaiore, si immatricolavano nel novembre del '47 all'ultimo anno di legge nell'università di Pisa: gli altri tre anni avevano trascorsi in quella di Siena.

Cìncica studiava contro tutte le disposizioni della sua natura. Afflitto da una frigidità che non gli consentiva di esser giovane, si ritrovava a vent'anni già invecchiato nella tristezza, e male ne avrebbe cercato sollievo negli studi, non trovandovi allettamento in sè, nè profitto nelle applicazioni, perchè non necessarie alla sua esistenza. Ma il padre, ricco e grossolano coltivatore della propria terra, voleva ch'ei compisse gli studi avviati e minacciava di respingerlo dalla sua casa se non vi ritornasse incoronato del lauro di dottore. Ma doveva ancora cimentarsi in tutte le prove di studio intanto che già l'ultim'anno avanzava.

Perchia era un giovane libertino, insaziabile d'ogni piacere, bugiardo e incosciente, il quale s'era giocato a carte le tasse scolastiche di tre anni e non era innanzi nel profitto più di Cìncica; ma aveva più di lui agile l'ingegno e più impronta l'indole. Era notevole nella sua bocca ingorda e mendace un prognatismo accentuato, che gli valse il soprannome di Perchia. Quello di Cìncica sembra derivasse dall'idea di cinciglio o di cincischio, suggerita dalla sua natura sbrendolata e impotente.

Tra questi due soggetti opposti corse spontaneo un disegno: barattarsi la persona per un anno. A questo fine convennero, nel lasciarsi in luglio a Siena, di trasferirsi a compiere l'ultimo anno d'università a Pisa. Là, dove nessuno li conosceva, si sarebbero scambiato nome e condizione: Perchia diventerebbe conte di Camaiore, sosterrebbe le prove d'esame e prenderebbe la laurea in nome del conte; questi cederebbe quasi tutto il paterno assegno mensile a Perchia in compenso del suo sacrifizio.

Nel novembre, ottenuto dai genitori il consenso a lasciar Siena, si inscrivevano con la convenuta inversione nel quarto e ultimo corso di legge presso l'università di Pisa. Da quel giorno trascorsero sotto il nome del conte di Camaiore audaci avventure, rischi disdicevoli, vizi vergognosi, fin che non si divulgò un clamoroso avvenimento per la piccola città.

Massimina, la bellissima figliola della signora Teresa, la locatrice della stanza occupata dal finto conte di Camaiore, era fuggita dalla casa materna in avventura d'amore con lui. Egli, ragionandole della sua sviscerata passione per lei, l'aveva convinta, se non persuasa, che per indurre il padre di lui, aristocratico e superbo, a permettere le nozze del suo unico erede con una fanciulla volgare bisognava ricorrere a questo espediente, la fuga.

Una sera della fine di marzo, Massimina salì il letto, dove soleva dormire insieme alla madre, ma non s'addormentò. Anzi, dopo buon'ora, ne discese senza rumore e brancolando nel buio si diè a raccogliere pochi panni di suo uso e ne compose un fardello; poi indossò una sottana e così mezza vestita risalì il letto. Alla torre della città sonavano le tre. Massimina sollevò il capo e stette in atto di ascoltare, poi udì di lontano un rumore di ruote e poi da vicino un triplice schiocco di frusta, che parve sterzare le tenebre dense della notte. Era il segnale della fuga.

La fanciulla si scosse, tremò in cuore e nella persona, balzò dal letto, raccolse il fardello del panni, e scalza e discinta com'era si avviò all'uscio della stanza. Qui si voltò indietro, stette ad ascoltare, quindi singhiozzò più che non disse: - mamma! - Ma quest'unica stentata parola, che sonava astuzia e pentimento, calcolo e imprudenza, contrasto e risoluzione, non fu intesa dalla madre addormentata, che in quel momento distendeva l'uno dei bracci verso il lato deserto del letto, sognando forse di posare sul cuore fidato della figliola. Questa, incoraggiata dal silenzio, usciva allora dalla stanza.

Giunta alla porta di casa, credette di essere chiamata e si mise di piè fermo ad ascoltare, ma nulla intese; aprì la porta e la varcò; subito dopo fece per respingerla e rientrare, ma era già chiusa. Allora, con quell'ultima risoluzione che togliamo volentieri da circostanze estrinseche e accidentali, in cui vogliamo scoprire il consiglio del destino, scese frettolosa le scale e si diede in braccio all'amante, che la caricò, quasi merce furtiva, nella carrozza che l'aspettava. Questa si mosse verso l'Arno vicino e ne percorse lungamente la sponda contro il corso delle sue acque.

Ormai i due amanti erano per una via che andava altresì contro il corso di tutte le ragioni umane; e prima le acque dell'Arno che i due amanti potevano ritornare indietro.

A Pisa, tra le comari della signora Teresa e i condiscepoli del rapitore, si parlò allegramente di questo ratto, come dello scandalo del giorno; ma chi avrebbe potuto parlarne con qualche frutto, che non fosse la soddisfazione dello scandalo e la malignità, chi avrebbe potuto con tutto il petto gridare al ladro dietro a chi si era rubato un tesoro era solamente la signora Teresa. Ma dopo qualche settimana la povera donna, già da tempo malata, non parlava più e il rapitore non fu scoperto nè cercato nel suo orto di erbe e fiori, come chiamava rettoricamente la bellezza di Massimina scrivendo a Cìncica. In verità, una fanciulla fresca del più bel verde di bellezza, con tanta luce di occhi, con tal ombra di chioma, con tali sentieri di forme, era pure un orto d'incanto. Tutto questo scriveva a lui, proprio a lui. Ma gli amanti disprezzano le spine quando son cadute le rose; e l'amante di Massimina si sentì dopo tre mesi punto dalla spina di una fredda sgomentevole realtà e fuggì.

Massimina lo attese, lo cercò, lo pianse invano; invano tornò alla città de' suoi amori e percosse alla porta che si era chiusa da sè; invano sperò il perdono della madre: era morta. Non cercò altro, non desiderò nulla, aborrì da ogni pensiero, e fredda, cupa, stordita, lasciò la terra che ricopriva le ossa della madre abbandonata.

Singolari avvenimenti intanto scotevano l'anima afflitta e rassegnata di Cìncica. Lo spirito di riscossa, che tante volte era sorto in Italia contro l'oppressione straniera, risorgeva nella primavera del '48 tra i meno fiacchi italiani di Toscana, benchè l'opera del risorgimento si ridestasse nelle provincia lombarde. La scolaresca dell'università di Pisa, che da qualche tempo si era costituita in guardia universitaria, già vestita com'era della sua divisa, cinta delle sue armi, esercitata alla sua disciplina, accolse il cenno di moversi contro l'odiato nemico come la bambinetta abbigliata dalle mani della mamma riceve la spinta che la licenzia a' suoi giochi infantili.

Il 22 di marzo la guardia universitaria, ordinata a battaglione di guerra, marciava fuori delle porte di Pisa. Erano trecento e ottantanove e si avviavano per lontane regioni e verso incerti destini: indossavano camiciotto turchino con largo goletto e polsi scarlatti: imbracciavano pesanti fucili a pietra od a fulminante: procedevano in sei compagnie comandate da maestri creati ufficiali: due soli tamburi cadenzavano la marcia ispirata e solenne.

Tra i soldati di quel battaglione marciava il conte di Camaiore, che aveva dovuto mantenere anche per questa via di gloria il falso nome assunto, lasciando il suo alla fama e alle conseguenze di un'ignobile azione. Di fatti Perchia, mentre il suo vero nome si ricopriva d'onore, come quello d'un soldato volontario della patria, giaceva nelle dolci primizie del ratto compiuto.

Intanto nessuno di quei volontari portava seco tanta volontà quanta il conte di Camaiore: volontà di combattere, volontà di essere valido a qualche cosa, volontà di morire. E la morte vi chiamava tutti, giovani e spensierati competitori di un nemico tante volte più numeroso e potente di voi; ma l'aspetto della morte non vi parve più tristo di quello della miseria; e correste avanti. Avanti avanti, su pei valichi dell'erto Appennino e per le valli fiorenti di messi e i colli verdeggianti d'ogni primavera; avanti avanti, attraverso gli spalti lombardi, fino alla sponda del Mincio, dove poche case bagnate dalle sue acque allaganti serbano il nome caro e benedetto di Curtatone. Là il sole del 29 di maggio rischiarò a voi la via del sacrifizio e un cenno di guerra vi condusse sotto il cannone e la mitraglia tedesca: strumenti di offesa sette volte più formidabili, che 35000 erano i nemici e 5000 voi. Il numero doveva sovrastare al valore, l'arte delle armi alla poesia della patria. Ma quel sogno di primavera è la realtà di questo inverno ingrato e scettico, che in segno di scherno chiama quarantottesco l'impeto generoso d'ogni poesia della storia.

Nella fine di giugno gli scolari superstiti alla battaglia di Curtatone ritornavano alle università per riprendervi gli studi interrotti. Ma poi fu deciso che agli ascritti dell'ultimo anno si conferisse la laurea senza una vera prova di esami. Perchia era dunque laureato. Soddisfatto di questa fortuna, come l'avesse vinta al gioco, andò a iniziare l'avvocatura a Lucca e ripetè almeno una volta al giorno, alla pari di qualche altro patriota della sua tempra, che era un avanzo di Curtatone.

Al conte non restò se non di riprendere la via del sacrifizio e tornare a casa. Male accolto dal padre, riparò presso il mare, sul confine tra la pineta di Camaiore e quella di Viareggio, in una casetta dei possessi paterni, fiancheggiante la fossa di confine, sul di cui uscio è tuttora una madonnina di gesso. Dopo qualche tempo, morto il padre, ne fu unico erede in tutta la sua vasta fortuna. Ma fu ricchezza senza valore. La sua natura, che gli rendeva sterile la giovinezza e inutile la vita, lo indusse a rinunziare al mondo ed a vestire un abito che lo tenesse distinto anche nell'aspetto e appartato dalle relazioni degli uomini. Per questa ragione si fece diacono, renunziando poi sempre al sacerdozio, sì che fu generalmente chiamato l'abate.

V.

Tutte queste cose erano taciute nel manoscritto perchè ignorate dai compilatori, il manoscritto, dopo essersi raccontato il ratto attribuito al conte di Camaiore, a questo punto soggiungeva che Massimina, come fu abbandonata, si ridusse presso una buona donna di Milano e dette vita a una femmina che per augurio chiamò Fortunata. La nutrì del suo latte, la sostentò con ogni sacrifizio, finchè dopo cinque anni da che era madre, venne a mancare. La donna, rimasta unica custode dell'orfana, non ebbe cuore di abbandonare la bambina e si accomodò come meglio seppe a farle da madre. Ma il peso era grave e scarse le forze per sostenerlo, sì che dopo qualche tempo ripensò al ratto narratole da Massimina e risolse di moversi alla ricerca del padre della sua allieva, del conte di Camaiore.

Questi ascoltò la voce della buona donna, che aveva accenti di tanta ragione nell'invocare aiuto alla sua opera pietosa e vide la piccola Fortunata, che la donna si era presa con sè nel viaggio come documento della sua richiesta. Quanto era diversa da lui alle forme e nell'espressione! Al contrario, come somigliava a Perchia nelle linee del viso e nella stessa particolarità della bocca che gli aveva procacciato quel soprannome! Si protestò estraneo al frutto della triste avventura; tuttavia non si rifiutò di provvedere al sostentamento e all'educazione della innocente; e per questo fece patti convenienti con la donna. Tali patti, ripetuti nella corrispondenza che seguì tra lui e lei, furono i documenti probatori della ricerca giudiziaria. Quando Fortunata era cresciuta in grazia e in buona educazione e aveva diciott'anni, si era a lei rivolto il giovane marchese di Lambrate, il padre si era opposto all'unione, la donna aveva rivelato la storia del trattamento usato verso di lei, e si era deciso, di promuovere la questione giudiziaria. Il fondamento di questa era, oltre le lettere del conte, la testimonianza di alcune comari pisane, che avevan visto più o meno direttamente rapire Massimina. S'intende che nella loro convinzione il rapitore era il conte di Camaiore, giacchè Perchia aveva preso il suo nome. Ecco l'errore.

Alla distanza di vent'anni sarebbe stato difficile provarlo. L'abate avrebbe potuto dedurlo, ma non giustificarlo. Dunque la lite sarebbe stata sostenibile e Perchia l'avrebbe con grande disinvoltura sostenuta; ma il maestro, il quale voleva essere il primo giudice d'una lite che prendeva a sostenere, insospettito com'era delle voci giunte al suo orecchio, non avrebbe usato altrettanta disinvoltura. Dinanzi a lui Perchia si sentiva preso da un timido rispetto, come di fronte a un giudice vero e infallibile, che vedeva e giudicava al di là delle prove e delle apparenti fortune e fin dentro la più profonda cavità d'ogni cuore. Si persuase che a lui avrebbe potuto presentare una sola soluzione che fosse aliena dal vero: quella che fosse almeno conciliabile col giusto.

VI

Sospinto da questo bisogno, intravvide una nuova via, verso una giustizia relativa, non fatta di verità ma di consenso e di utilità morale, che avrebbe dato per vero e giusto quel che soltanto sarebbe accettato per tale tra le parti. Non misurando ostacoli nè difficoltà in questa impresa, corse fuori della città, e sul primo trespolo che potè noleggiare viaggiò lontano, rifacendo cento volte col pensiero del nuovo disegno il suo cammino.

Era già sera quando giunse a Camaiore. Nel paese non gli fu dato di trovare l'abate, del quale cercava. Gli fu detto che non dimorava nel palazzetto paterno ma in una casina lungo la fossa che va al mare, con una madonnina di gesso al di sopra della porta, presso la spiaggia. Allora, un po' sul trespolo e un po' a piedi, corse al mare. La porta della casina additatagli era aperta. Nell'aspettare tra incerto e imbarazzato, scorse a distanza, nell'atmosfera cupa, una piccola massa più cupa ancora, poi la vide ingrossare, poi avvicinarsi e disegnarsi in una figura scarna, sparuta, vestita in abito talare. Finalmente da quella figura uscì una voce:

- Cìncica!

- Chi è? Tu?... Perchia?... Dopo vent'anni!

- Ho desiderato di vederti tante volte, ma mi è sempre mancato il coraggio. Oggi mi viene da una grande ragione.

È nella nostra confidenza con gli uomini e le cose un punto di arrivo, che una volta raggiunto non si perde mai più, sebbene ne sia interrotta la consuetudine a lungo. Se pratichiamo un esercizio di abitudine, di memoria, di agilità, dopo molti anni di dissuetudine assoluta non siamo più nuovi a un tale esercizio, quando ne ritentiamo la prova. Riprendiamo confidenza con l'amico trascurato, intendiamo la lingua smessa da gran tempo, sappiamo tenerci a galla sull'acqua per l'antica familiarità col nuoto, ci equilibriamo sul caval d'acciaio in grazia del nostro ciclismo remoto. Per questo umano segreto i due antichi amici superarono spontaneamente gli impacci del brusco incontro e dopo breve rassegna delle loro figure mutate sedevano insieme. Erano soli e potevano liberamente parlare.

- Un giovane di buona famiglia milanese - diceva Perchia - si è rivolto a Fortunata e la sposerà, se a lei sarà dato un nome. Per via di quel nostro baratto e della tua generosità nel trattare quella povera figliola, la famiglia si propone di rivendicare in giudizio il tuo nome. Credo, dopo tutto, che il padre del giovane, patrizio ambizioso, non gradirebbe che il tuo, perchè titolato. Oggi è ricorso a Francesco Carrara per iniziare un'azione in questo senso e domani dovrebbe essere lanciato il libello della lite.

- Domando - interruppe l'abate - domando alla tua memoria, non alla tua coscienza, se io mi merito questo.

- Per pietà, non parliamo di merito e di demerito, ma di una grande opera di carità da compiere o di un'irreparabile rovina da far precipitare. Se si guarda al merito, è giusto che io soffra qualunque sacrifizio, ed ecco son pronto a soffrirlo col renunziare alla più cara gioia, che è quella di essere chiamato padre; se si pensa alla pietà, tu non puoi vedere un'onta ma una grande consolazione nel saperti circondato per sempre dalla riconoscenza e dalla tenerezza d'una figliola, benchè non tua.

E si interruppe per una emozione così piena e manifesta, che l'abate tagliò corto sulle ragioni polemiche e riprese l'argomento al punto di maturità in cui si presentava di per sè:

- Perchia, vedi quest'abito che porto? Quando mi avvidi che le illusioni e le follie, che son poi le ragioni della vita, mancavano in me, lo indossai come una cappa che mi riparasse fino nell'ultimo resto di sensibilità dalle impressioni del mondo e dalle sue lusinghe, e vissi una vita sterile, disperata. Tentai, bada bene, tentai ritrovare una finzione di natura nelle relazioni fortuite con quella innocente che mi voleva padre; cercai di consolarmi di questo nome; ma la natura mi respinse e gridò alla menzogna. E io mi persuasi ancora una volta che in me taceva la sola verità della vita. Mi pareva che non operando alla sua continuazione avessi un debito imperdonabile verso la natura; e di questo debito ho avuto sempre paura. Ho paura di me, della mia infelicità immeritata, intendi? E in quanto a te, lo crederesti? non so odiarti nel sentirti offrire a me quella paternità che non merito; non so odiarti, perchè penso che butti lontano da te un bene che io vorrei possedere; non ti odio, no, ti compiango alla pari di me.

L'argomento era maturo per sua virtù. Perchia corse a fianco dell'abate, gli prese le mani tra le sue e gliele strinse tremando. Non parlavano più, ma piangevano tutt'e due. Poi Perchia riprese a parole tronche:

- Lascia che io ricambi la tua confidenza con la mia. I torti e gli abusi che giustamente mi rimproveri li ho tutti tutti scontati. Io non ho vissuto inutilmente, come tu dici di te, ma sciaguratamente; e quando ero per scontare le mie colpe in una sola, allora ho saputo di essere padre. Non sono stato io che ho immaginato la calunnia della tua paternità; te lo giuro. La povera Massimina era stata da me abbandonata come il fiore che si porta un giorno sul petto e non ebbi più notizia di sorta e tanto meno quella che la nostra breve passione avesse prodotto un frutto. Prima di ieri, intendi bene, io dovevo essere e posso essere tutt'oggi denunziato per la maggiore delle mie colpe e infamato per sempre, quando sono stato chiamato dal Carrara per unirmi a lui in una lite che si voleva iniziare contro di te; e allora ho scoperto che ero padre. Che avresti fatto tu? Avresti disonorato col tuo nome quell'innocente creatura, già promessa a un desiderabile sposo, che l'avrebbe abbandonata? Ho dovuto rinunziarvi; e so io dopo che lotta e con che cuore mi son deciso a questa rinunzia! E allora che mi rimaneva? Correre a te.... battere al tuo cuore.... proporti di dare per vinta una lite ingiusta ma certo non vittoriosa per te.... compiere una grande generosità che basta a rendere utile tutta la vita.

L'abate reclinò il capo sul petto, come vi raccogliesse pensieri e propositi che da tempo vi erano riposti. Poi si riscosse e disse:

- Ripeto che già ci avevo pensato, quando cominciai a provvedere a quella innocente; ma mi pareva di mentire contro la natura e di usurpare un diritto.... giacchè non avevo mai parlato con te. Ebbene, con la natura, con la maligna natura, penserò io a mettermi d'accordo; in quanto all'usurpazione, ora so che sono d'accordo con te. Posso riconoscere per mia la tua figliola.

Era una sottile punta amara di rinfaccio in questa pacata dichiarazione. Perchia non se ne offese. Cinse d'un amplesso gagliardo l'abate e gridò con voce rotta:

- Sii benedetto e felice!

- Felice, no - replicò con profonda tristezza l'altro, - infelicissimo, anzi, fino alla mia ora, che è già segnata; benedetto, forse, quando non sarò più neanche un'ombra nera, da far tristezza alla gente felice.

- E allora?... - riprese con tono delicato e ancor trepido Perchia.

- E allora sono a tua disposizione.

Perchia non lasciò passare l'attimo propizio. Pregò e convinse l'amico a partire con lui per Lucca senza aspettare la luce del giorno.

VII

La mattina, per tempo, Perchia si presentava al maestro insieme all'abate. Pareva che lo sciagurato, sottratto dal signor Davino all'osteria la mattina precedente, digiuno fino da quell'ora, disfatto dalla lotta interna, scomposto nell'abito e all'aspetto, avesse viaggiato un giorno e una notte. L'abate, scarno, sparuto, sciatto nella sua veste talare, insueta ai riti, avesse viaggiato tutta la vita, legato dietro al carro del suo amico dominatore. A quella vista Francesco Carrara comprese la verità in un solo pensiero, che compendiava il resultato del suo geniale espediente. Sicchè non seppe trattenersi dall'esclamare:

- To! il lupo e l'agnello.

Poi si riprese, per non mostrare di aver troppo compreso:

- Volevo dire, l'avvocato e l'avversario.

Allora Perchia si fece a esporre cautamente che l'avversario aveva buone riserve da fare su quella paternità, quali non mancano mai di fronte a certe donne e certe avventure, ma che per la felicità di una povera innocente e col desiderio di coronare mercè un ultimo atto di magnanimità tanti benefizi usati a lei, era pronto a riconoscerla per sua figliola. Questa, soggiunse, non chiede di meglio; lo sposo e il padre non cercano che questo; sicchè l'affare è fatto.

Il Carrara riguardò l'abate, ripensò al temerario collega senza guardarlo, poi disse:

- Ejus est non nolle qui potest nolle.

Poi domandò seriamente all'abate:

- Siete risoluto?

L'abate assentì senza sforzo.

- Di riconoscere quella figliola per vostra figliola?

L'abate confermò con franchezza il suo assenso.

Allora fu mandato a chiamare e venne poco dopo un vecchio e unto notaio, con gli occhiali a stanghette d'oro, con un farsetto a lungo taglio. Il vecchio si cavò dalle tasche capaci di dietro alcuni fogli filogranati, penna d'oca e calamaio in astuccio tondo di tartaruga, e stese l'atto del riconoscimento. Uno dei testimoni fu il signor Davino, punto soddisfatto di quel modo di risolvere le liti, senza bisogno di una pagina della sua scrittura; l'altro fu lo stesso Perchia, che al contrario mostrava una piena soddisfazione. In quella stanza angusta, foderata delle barbe ingiallite dei Cuiacio, dei Bartolo, degli Accursio, dei Molineo, alla luce calante dalle prossime mura della città ducale, dritta in mezzo e dominante su tutti la maestosa figura del giureconsulto altissimo, la scena formava un quadretto storico di perfetto color locale.

Quando Perchia e l'abate furono per uscire, il Carrara parve voler dire qualche cosa di sentenzioso, che compendiasse lo strano avvenimento e lo suggellasse in un aforisma di umana esperienza. Sorrideva nel congedare quei due opposti modelli di temerità e di debolezza, fatti l'uno per l'altro; cercava evidentemente qualche parola e mostrava di non trovarla. Infatti ne disse due o tre che confusamente gli vennero alla bocca, traendole da una circostanza esteriore e secondaria. Osservando gli abiti scomposti e particolarmente le camicie sudice dei due amici, disse:

- Un'altra volta, quando venite davanti al notaio per un atto solenne, mutatevi almeno la camicia.

Cìncica e Perchia girarono qualche tempo per la città mesta, mentre il cielo coperto li chiudeva dentro il rigido cerchio come in un cofano perfettamente chiuso, tra i riflessi della doratura sbiadita e le traccia stanche dello stile impero. Avevano ripreso la dimestichezza di vent'anni innanzi e giravano le strade come a quel tempo quelle di Siena e di Pisa. Perchia ne profittò per esercitare l'ultima influenza di incubo predestinato sul succubo obbediente. Tornò a confidare all'abate la sua imminente rovina, che sarebbe stata inesorabile se i tre malfattori non avessero ottenuto la somma dovuta da lui. Avuta promessa di essere salvato, nel colmo dell'incoscienza e quasi per darne un saggio perfetto, volle ritornare sulle parole del maestro e osservò:

- Che avrà voluto dire il professore con quella raccomandazione di mutarci la camicia? Se io mi mettevo la tua camicia e tu ti mettevi la mia, non era forse lo stesso?

Di lì a un mese avvennero le nozze del marchese di Lambrate con la contessina di Camaiore. Una triste dote arricchì la sposa.

Era il tramonto di un alido giorno d'estate e l'abate camminava pensoso lungo la sponda sinistra d'un rivo chiamato comunemente fossa, che scaturisce dal monte vicino, lambisce la casa che l'abate preferiva per sua solitaria dimora, attraversa l'alta pineta e finisce nel mare.

È pure stupendo, in questo tratto, lo spettacolo della nostra marina tirrena! L'immensa maestà del mare qui cede al lambito del ruscello, l'onda più mite rompendosi nel lido più dolce, tutto ugualmente sabbioso. Il vento forma di quella finissima sabbia continue dune a venti o trenta passi dal mare, che le disfà e le rifà e le semina di aride pagliole, che sono come il ciglio del lido. A pochi altri passi ne comincia la chioma alta e folta, che è la pineta per molte miglia uniforme ma piena d'ombre infinite. Rari e piccoli fiumi la interrompono: e tra questi è la nostra fossa. Seguono poi nello stesso giro alti e marmorei monumenti che chiudono la scena dello spettacolo severo.

A interrompere questa solenne uniformità scende dal più vasto e fulgido orizzonte in su la sera il sole che tramonta. I suoi raggi che dianzi ti infocavano sotto i piedi il cammino sono scomparsi, il suo disco è sospeso sull'estremità visibile del mare senza fiamma e senza luce, fatto del tutto inerte e inoffensivo, come un principe abbattuto, come un duce disarmato. Appena scomparso, il cielo che si confonde col mare verso ponente è cosperso d'una luce che emerge dall'acqua e par che divampi dal fuoco: l'alto mare la riflette, le nebbie ne sono incendiate, le nubi incenerite, l'orizzonte ne è tinto in rosso e dolcemente illuminato. È un astro che cade; ma cadere a quel modo, in mezzo a tanta luce, lasciando dopo di sè oscura la terra, scolorati i suoi oggetti, confusi i suoi animali, cadere dal cielo nel mare, è pure una gloriosa caduta!

- Così cadessero gli uomini - pensava l'abate - dagli apogei scossi, dalle speranze deluse, dalle inique fortune, maestosi come il sole che tramonta! E così morissero, lasciando dopo di sè almeno questo senso di smarrimento e di tristezza! - E intanto avanzava lungo la sponda, verso il mare: poi la ripercorreva a ritroso: quindi ritornava sui suoi passi: poi s'avanzava ancora: finalmente disparve.

All'alba seguente un pescatore di quella fossa si sentì impigliata la lenza a un oggetto che resisteva alla flessione della sua canna: era il lembo di una veste nera. Si gettò a guado e toccò un cadavere: era quello dell'abate.

Quelle acque sono chiamate per ragioni di questo fatto la Fossa dell'Abate. E fino a pochi anni fa era volgare opinione che ci si sentisse. Che cosa non so. Il volgo usa dire così di un fiume, di un bosco, di una casa, per dimostrare che sebbene scettico ha fede nel soprannaturale e per concludere che ha paura. Ma i rari abitatori dell'orrida riva narravano che veramente qui rintronassero al cadere delle tenebre tetri rumori tra gli aridi rami, orribili rombi nelle magre acque, e che nell'ore tarde della sera una tetra figura di abate si aggirasse sul ponte prossimo al mare e poi si perdesse nella caligine silvestre.

Oggi una delle più deliziose e amene passeggiate si stende da Viareggio al Forte dei Marmi, mezza in faccia al mare e mezza tra l'ombra dell'alta pineta. I convogli elettrici e le gaie compagnie e le loro tinte festose ne cancellano ogni indizio di orrore. Non un'anima si raccoglie all'annunzio della fossa, che anche ufficialmente si chiama la Fossa dell'Abate; non un filosofo che passa è preso dalla curiosità della sua storia. Il nome, stampato nei cartelli, negli orari, sulle tessere dei viaggiatori spensierati, ha finito per perdere anche quel senso che serbava di suggestivamente inedito, come una sommessa e misteriosa leggenda. Così passa la poesia del dolore e la pietà degli intimi ricordi.